そして、
みんなバカになった

橋本 治
Hashimoto Osamu

JN018785

河出新書
018

はじめに　「橋本治」とはなんだ？

高橋源一郎

この本を手にとったみなさん、こんにちは。

みなさんは、「橋本治」という人の本を読むのは初めてでしょうか。それとも、もうたくさん読んでいて、「橋本治」のことならなんでも知っている（と思っている）のでしょうか。どちらでもかまいません。だって、「橋本治」という人は、ものすごく有名なのに、実はほとんど知られてはいないんじゃないか、ってぼくは思っているからです。

橋本治さんは１９４８年3月生まれ。なので、１９５１年1月生まれのぼくより3学年上の世代になります。３つ年上のお兄さん、ってことですね。この本を手にとる若い人たちにとっては、まだ生まれてもいない大昔の１９６８年、東京大学の駒場祭という大学祭でのポスターが大きな話題になりました。いまから考えてみると、たかが大学祭のポスターが新聞やテレビで取りあげられるなんて不思議なことですが、そうなるべき理由があったのです。

騒然とした時代でした。ずっと続いていたアメリカによるベトナム（への）戦争とそれに反対する反戦運動、そしてその時代に盛り上がっていた様々な文化運動は、69年にその頂点を迎えます。日本でも激しい学生運動が起こっていました。その中心が東大であり、その東大の大学祭のポスターは「とめてくれるなおっかさん　背中のいちょうが泣いている　男東大どこへ行く」というコピーのもとに、東大のマークのいれずみをした男の後ろ姿を描いたものでした。ヤクザ映画の宣伝ポスターみたいだったのです。というか、なんだか歌舞伎のポスターのようにも見えました。当時高校生だったぼくは、「ああ、なんてカッコいいんだ！」と唸ったのでした。ぼくのように、このポスターに憧れた若者は多かったでしょう。忘れることのできない一枚だったのです。でも、このポスターを描いたのが「橋本治」という人だってことは知りませんでした。もしかしたら、当時、名前がどこかに載ったかもしれないけれど、そんなことはすぐ忘れてしまいますよね。

　そして、時が流れました。およそ9年後、「橋本治」は、「桃尻娘」という、ちょっとエッチな青春小説を書いて、ある雑誌の新人賞の「佳作」になります。「佳作」っていうところが、橋本さんらしいですね。この小説は翌年、単行本になり、その年、映画化されました。「日活ロマンポルノ」の一作として、です。ぼくは、小説も読んだし、映画も見ました。「ああ、あのポスターの橋本さんなんだ」、そう思った記憶があります。

ぼくは、その頃、肉体労働をしていました。そして、いつか、自分が過ごした「あの時代」を小説として書きたいと思っていたのです。早く書かなきゃ。そうしなければ、誰かに先を越されてしまう。正直なところ、そんな気分もあったように思います。

『桃尻娘』の二年後、1979年、二つの本が本屋の店頭に並びました。一つは、村上春樹さんのデビュー小説『風の歌を聴け』、もう一つが、橋本さんの『花咲く乙女たちのキンピラゴボウ』という少女マンガ評論でした。その後の村上さんの活躍は、みなさんもご存じの通りです。村上さんは、1949年1月生まれで、ぼくの2年上、橋本さんより1年下になります。村上さんは、『風の歌を聴け』で鮮やかに「あの時代」を描きました。いや、直接、書いたわけではありません。けれども、『風の歌を聴け』の中には、「あの時代」の空気が十分すぎるほど書きこまれていたのです。それに比べると、橋本さんの『花咲く乙女たちのキンピラゴボウ』は、評論だったせいもあって、一部のマニアを除けば、話題になることはほとんどありませんでした。

ぼくは、この2冊の本に大きなショックを受けました。それは、「あの時代」を先に描かれたことであり、また同時に、この2冊が、時代を直接に描こうとはしていなかったことです。そうなのか。そんなやり方があったのか。心の底から歯噛みするほど悔しかったのです。

でも、変ですよね。村上さんはともかく、橋本さんが書いたのは評論です。しかも、少女マンガがテーマの。「あの時代」のことを書いているわけじゃないのに。

ぼくにはわかったのです。なにかについて直接に書くよりもずっと大切なことがあるってことが。

橋本さんは、「あの時代」について書こうとしたのでしょうか。それは、ぼくにはわかりません。橋本さんは、ただ正直に、感じたこと、書きたいと思ったことを書いた。それはたまたま少女マンガについての評論だった。それだけのことでした。

ぼくもまたマンガ、もちろん少女マンガのファンでした。でも、そういうことって、すごく「個人的」な趣味で、他の人にいうことじゃないと思っていたのです。橋本さんは、そうではありませんでした。自分がいちばん興味があることを書いたのです。そして、それは同時に、時代や社会について書くことにもなっていました。そんなことがありうるのか。ぼくには信じられなかったのです。そして……いえ、この先は、本文を読んでから最後にお伝えすることにしましょう。その方がずっとわかりやすいはずです。では、後ほど。

目次

第一章

どこまでみんなバカになるのか

聞き手　「熱風」編集部

バカになる風潮は一九七〇年代から始まった

――橋本さんの新刊『たとえ世界が終わっても　その先の日本を生きる君たちへ』を読ませて頂きました。大変に興味深くかつわかりやすい内容で、とくに今まで漠然としか理解していなかったヨーロッパの歴史が、体系的、論理的に説明されており、それがどのようにイギリスのEU離脱までつながっていくのかなどは、目から鱗が落ちる思いでした。とりわけおもしろかったのは、橋本さんの「人はバカになっている」ということに関する考察でした。本の中で書かれていた橋本さんの言葉をお借りすれば「昭和と平成の間に『バカ』という地層があって」（一四二ページ）ということですが、昭和の終わり（昭和六四年＝一九八九年）といえばバブルの時代でしたから、バブルの始まりと終わりとを考えてみれば、このバカ化に至るメカニズムも見えてくるのではないかと思います。

まずバブルの時代の定義ですが、一応プラザ合意の年である一九八五年から総量規制

（旧大蔵省が不動産価格の高騰を抑えるために金融機関に通達した「土地関連融資の抑制」という行政指導）のあった九〇年までと考えて、今日は編集部でその前後も含めた八四年から九二年までの年表を作ってきたので、これを見ながら詳しいお話を伺えればと。そして同時に、この年表にはそのときにスタジオジブリは何をしていたか、というのも記載しました。世界と日本の出来事があって、そのときにスタジオジブリはどうだったかも考えてみたかったからです。そもそもスタジオジブリの作品でブレイクと呼べる興行的大ヒットは、八九年の『魔女の宅急便』からでした。それまでの『天空の城ラピュタ』『火垂るの墓』『となりのトトロ』は、数字の上ではかなりの苦戦でした。で、考えてみると『魔女の宅急便』というのは、田舎の女の子が都会に行って成功するという。まさに女性の時代とバブルの都会志向を合わせたような内容でした。音楽も荒井由実さんという、これもまた都会的イメージです。

橋本　でも日本人はバカになった、という話だと、前段階がありますよ。私の読みだと一九八〇年ぐらいからそういう方向に行くことになっているんですね。それで言うと、さらに七〇年代からなんですけど。

――ええーっ、そうなると年表が全然足りないですね。

橋本　こういう言い方をすれば怒る人はいるだろうけど、その初めは七〇年代の関西ですね。

――と、おっしゃいますと？

橋本　深夜放送で人気を得た人がテレビに出てきて、公開番組で客いじりするという風潮が七〇年代から生まれるんです。それが東京のほうにも移ってきて、お笑い芸人にバカだといじられて、喜ばれるというすてきな風潮ができあがるんですよね。

――それまでは、バカにされて喜ばれるというのはなかったんですか。

橋本　ないですね。ただ、関西では公開番組で夫婦物の「夫婦善哉」とかで、ああ、みんなバカだよね、という、そういうのはやっていましたけど、それが学生レベルの若い人にまで下りてはこなかったですね。バカでもコンプレックスを持たなくていいということの最終的な仕上げは、島田紳助のつくった「おバカブーム」というところで落ち着くんですけどね。

――フジテレビの「クイズ！　ヘキサゴンⅡ」（二〇〇五～二〇一一）ですね。でもそれって、バブルのだいぶ後ですね。

橋本　後ですよ。だからそれだけ長いんですけどね。

――ではすごく簡単に言ってしまうと、テレビによって日本人はバカでもOKというか、バカのほうがおもしろいみたいに洗脳されてしまったと。

橋本　バカのほうがおもしろいというのは、やっぱり八〇年代に入ってからですね。昭和軽薄体といわれるようなものが出てきて、まじめなものになんで意味があるんだろうという方向に傾き始めましたからね。

――八〇年代アタマあたりから注目されだした、嵐山光三郎さんや椎名誠さんなどが使っていた独特の文体が昭和軽薄体でしたね。確かに昭和軽薄体が当時の若者たちに与えた影響はとても大きかったです。ということは、バカになった、という現象とバブルは実はあまり関係はないということなのでしょうか。

橋本　熟れ始めた果物が熟れきっちまった、というのはあるし、バカになったで言えば、バブル経済の時期って、バブルという言葉が存在しないんですよね。バブルという言葉が登場するのは昭和が終わった翌年なんです。

日本映画には大学生のリアリティなんかなかった

――初めにバブルと名前を付けた人はすごいですね。

橋本　それまではバブルもへったくれもなくて、なんだか知らないけど景気が良くて、みんなで浮かれてもいいというか。だから七〇年代の初めぐらいには「昭和元禄」という言い方もしていましたけど、シリアスにならなくてもよくて、遊んでいればいいという風潮がずっとあって、それがどんどん積み重なっていって、過剰になっていって、壊れる寸前にやっと「バブル経済」という言葉がついて、ついたからすぐ崩れるんだろうなと私は思っていましたけど、崩れても、世間では崩れたという気はなかったですね。

崩れてしまうと、景気が悪くなるのかというとそうではなくて、低金利で売ろうとしていたところが崩れていくわけです。そのカネはまだ下まで回ってきていなかったから、崩れたと思っていないんですよ。それで九〇年代の初めって、私はわりと地方にいたんですけど、地方都市なんか、東京でバブルが弾けたという全国紙のニュースが来ると、東京は悪いところからカネが集まって弾けた、地方はいいところだから弾けないと、勝手に変な思い込みをしているというので、一年ぐらいのズレはありましたけど。

そうなってくると、当然景気が悪くなってくるから、個人消費を拡大しなければいけないというふうになって、みんなでカネ使えという方向に行くから、やっとバブルが弾けた後になって、一般国民の間にバブル的な風潮が広がってくるんです。だからブランドブームというのはバブルの時代じゃないんです。九〇年代です。

八〇年代にブランドブームってあるんですけど、それはデザイナーズブランドというやつで、ルイ・ヴィトンやグッチといった一流ブランドとは違うんです。ＢＩＧＩ、ニコルとか。

――コム・デ・ギャルソンとか、ヨウジヤマモトのＤＣブランドですね。

橋本　そうです。だから八〇年代のファッションブームというのは大学生ぐらいのけっこう限定された人間で、それが大人になってヴィトンとかに手を出すようになったのか、それともそういうのが一般的になったから他の人間たちも手を出すようになったのかぐらいのものですけど、いわゆる今言われているブランドブームは九〇年代になってからです。

――確かにおっしゃる通りですね。八〇年代は、流行に敏感な大学生が上から下まで黒ずくめの服を着ていたり、女性が髪の毛を刈り上げたりもしてました。

橋本　丸井メンズ館（編注：一九八六年オープン）というものができたのが八〇年代のバブルに向かっていこうとする頃だけど、そこの夏なんか、バーゲンセールになると若い男の大学生がずっと行列つくってね。初めて異様なものを見たなと思いましたね。

――そうですね、パルコもラフォーレ原宿も、みんな並んでいましたね。あんなことは今までなかったんですか？

橋本　ないですよ、そんなの。

——そのもっと前の、たとえば六〇年代に「MEN'S CLUB」（編注：一九六三年に「婦人画報増刊　男の服飾」を改称）が出てきたとき、みんながＶＡＮを買っていた頃にはそんなことはなかったのでしょうか。ＶＡＮの紙袋を持っているのがオシャレだと言われたりした時代です。

橋本　ＶＡＮを買っていた人はいたけど、私、身近でＶＡＮを買っている人間って二人しか見たことないです。クラスに二人しかいなくて、それでも「いる！」と思いましたもの。

——そうですか。あとはＶＡＮのライバルだったＪＵＮとか。

橋本　そうそう。ＶＡＮはまだはっきりしているから、着てた人はいたけど、ＪＵＮはほとんど見たことない。ＪＵＮってサイズが小さいから、誰でも着られるものでもないしね。ＶＡＮというのは、いわゆる六〇年代のみゆき族（一九六四年頃に、銀座のみゆき通りを歩いていたアイビーファッションの若者たち）の流れなものですから、普通の人とあまり交わっていないんですよ。みゆき族の時代というのがあって、その後、学生運動の時代というのがあって、荒れ狂って、それで一応大学がおとなしくなるんですよ。学生運動の時代で何が終わったかというと、それまで大学というのは官学で、ゼミナールの時代なんです。教授が就職を世話してくれる。だから文化に同好会というものがなかったんですよ。あったかもしれないけど、そんなもの主力じゃなくて、基本は体育会という、大学公認のサークルなんだけど、体育会がしごき事件とか、あるいは私立の場合だと、大学の側に立って、学生に対して警備みたいな役割をする私兵みたいな役割をやったので、それでもう流行らなくなったんです。で、もっと自由にやっていいんじゃないかというふうになってサークルができるんです。

それの典型的なのが、私大のテニスサークル、テニス同好会がやたらとできるというわけで。そうすると、大学に入るということは、テニス同好会に入って、夏休みの合宿でというパターンがひとつできあがるんですよね。そのことによって大学の質が変わるんです。だから広告研究会とかというのがわりと大きな顔をし始めるのもそこらへんからなんですけど。

東のほうではそういうことをやっていて、それがちょうど西のほうではお笑いの視聴者いじりみたいなのが始まっていて、それでだいたい両者相俟《あいま》って、うまいことバカなほうに行くんですよね（笑）。

――そういうことだったんですね。大学のレジャー化とも言われ出しましたね。

橋本　そうそう。別にサークルに入って何するもへったくれもなくて、大学に入るということがひとつのパスポートを取るようなものだから。入ってしまえばとくに何もすることないわけです。

――そこが日本と逆に、入るのは簡単で卒業するのが難しいと言われているアメリカの大学とは違うところですね。

橋本　そうそう。六〇年代末の学生運動は、入って何もすることがないということが欲求不満になって、政治運動という方向に行ったんだけど、そういうかたちで昇華しなくなって、遊びの方向に移っちゃったんです。

――しかし六〇年代の大学生と言えば、政治活動とは真逆の、まさに今を先取りしたような、加山雄三の「若大将シリーズ」（一九六一～一九七一）に見られるような学生はいなかったんですか。

橋本　あんなことをやっている大学生なんて、せいぜい慶応とか、青学とか、ごく限られた大学でしょ。だって遊んでいる大学生というのは、映画のフィクションですよね。その前には『大学のお姐ちゃん』（一九五九）という、アホらしい女の三人組の映画もあって、大学物というのが東宝お得意のコメディ映画だったけど。

――つまりあれはみんなフィクションの世界で、あんな学生はごく一部と。

橋本　どこでもそうですけど、ある時期までというか、今でもそうかもしれないけど、日本映画に大学生が出てきて、リアリティを持ったことってひとつもないと思いますよ。だってよくわかってないんだもん。もしかしたら変にリアルなのは、小津安二郎の『東京暮色』（一九五七）に出てくる笠智衆の娘を妊娠させて、「知らないもん」と言って、逃げちゃう若い男かもしれない。あと、大島渚の『青春残酷物語』（一九六〇）とか。その頃だと、大学生なんか麻雀しかしていないですね。だって大学生って暇な生き物でしょ。だから大学生の青春ドラマなんていうものは、日本映画で描かれたことあったかなというと、疑問ですけどね。

――なかったからこその、願望でフィクションなんですね。

橋本　そう。だからジョージ・ルーカスが、昔、『アメリカン・グラフィティ』（一九七三）というのを撮っていたけど、日本にあんなもの存在しませんものね。だからジブリが高校生同士の恋愛物語みたいなアニメを作るじゃないですか（編注：『コクリコ坂から』）。それって、実写でやれば済むものをそれがないから、ああいう時代背景と共に作り出すわけで、つまりはちゃんとしたものがなかったんですよ（笑）。だからふざけてハイに明るいか、そうじゃなかったら、暗ーく、一所懸命政治闘争みたいなものに取り組むかみたいなものですけどね。だから大学生というと、もはや忘れられているけど、太陽族なんですよね。市川崑の『処刑の部屋』（一九五六）という、石原慎太郎の小説を映画化したのがある。

――ものすごく暴力的な作品ですよね。

橋本 うん。すごくおもしろいのは、川口浩とか、若尾文子とか、みんな大学生の役をやっていて、ゼミナールでなんか議論するんです。実存主義がどうとかこうとかみたいな話をするんだけど、言い方がすげえたどたどしいんですよ。そのたどたどしさがすごくリアルで（笑）。つまり日本の映画スターの使うボキャブラリーと全然一致していないから、いくら台詞覚えたってリアリティを持って言えないわけです。でも、持って言えないところが、当時のリアリティだろうなという。そういうひどいことを言ってしまうと、そもそも日本に現代映画そのものもあったのかという話にもなりますけどね。

“理屈っぽい子供”がどんどん増えていった

橋本　だからバカになったのは、八〇年代のバブルの時代になって突然というんじゃなくて、ちょっとずつ積み上がってきたものが勝手になるようにしてなって、ちょうど発酵するいい時期を迎えたのかなみたいなものじゃないですか。それこそ成り行きの必然みたいなものだから、それを今になって変えようと言ったって無理なんだろうなというふうに思いますけどね。バブルになる前の、八〇年の頃にもうすでに変質って起こっているんです。

――それはどんなことでしょうか。

橋本　昭和が終わった八九年に宮崎勤の幼女連続殺人事件というのがあったけど、彼がいつからそうなったか、引きこもり状態になっていったかというと、だいたい八〇年から始まるんですよね。八〇年になってビデオというものも出てきたから、録画すればいいという話もあるし、しかも漫画のブームが一応市民権を得ちゃうんですよね。

七〇年代に漫画の単行本を買うのってけっこう大変なんですよ。どこの本屋にでも売っているわけではないから。七〇年代の末から八〇年ぐらいに漫画の専門書店というのができるんです。

――白夜書房の、まんがの森（一九八四年開店）は有名でしたね。

橋本　まんがの森の前に、たぶん書泉グランデが最初かもしれないんですけど。そこへ行くと、なんか雰囲気が明らかに違うんです。なんだろうな。やがてオタクを生んでしまうような、こもったエロスのにおいのようなものが漂うようになっちゃうんですよね。

――……なんとなくわかります。

橋本　それまでだったらもっとオープンだったんだけど、専門化して密閉されることによって、しかもマーケットとして成り立っているから、なんかそういう変な雰囲気が漂い始めるんです。コミケの参加サークルが大きく増えたのも、八〇年代中頃あたりだし。で、そうなってきて、経済状況のシンクロということを考えると、あんまり大人にならなくてもいいという雰囲気がそこから生まれるんですよね。

――大人にならなくてもいい、というのは、働かなくてもいいということですか。

橋本　働いているけど、頭は子供かもしれないって。昔はね、普通だったら、あるときから漫画を読まなくなるというのがあるんです。中学生になったらもう漫画を読むのは恥ずかしいから読まないという線引きがあったんだけど、いつの間にかそれ、ないわけですよ。

――でも学生運動の頃は、みんな『あしたのジョー』とか読んでいました。

橋本　そうなんです。大学生が漫画を読むというふうに言われたのは、実は六〇年安保ぐらいの『忍者武芸帳』（編注：白土三平作の一九五九年〜一九六二年に出版された貸本漫画）からで、その後から読み始めるんだけど、困ったことに、みんなが漫画をずっと読み続けていたのかというと、ちょっと違うんですよね。それまで読んでなくて、漫画を知らなかったのが、大学生になってから漫画を読んじゃったから、えっ、こんなに文学的に高級なものがあったのというふうに錯覚し始めたという人がけっこう多いんです。

――子供の頃からの習慣の延長線上ではなかったと。

橋本　はい。だから、私が少女漫画の評論を書いていたぐらいの頃だって、漫画評論みたいなのはあったけど「なに言ってんだか、さっぱりわからない」というのと、「どうでもいいじゃん、こんなのとか」というのぐらいで、結局漫画を読む大人の書いているものだから、漫画の本質に届かないんですよね。だから漫画を糧にして、なんか難しいことを言うのが好きな人たちという、そこらへんはほとんど文芸評論と同じレベルなんですけど、そういうかたちで存在していたんですよね。

だから私に言わせれば、少年漫画というのは『あしたのジョー』が終わったぐらいの、七〇年代前半ぐらいでひとつ終わっちゃっているんですよ。ひとつ終わっちゃっているところで少女漫画が独特な進化をし始めたというところだったんですけども、そうなってくると、それはひとつの文化だというふうに大人が認めるというのではなくて「その中に入って理屈を言っていればいいじゃん」という種類の、〝理屈っぽい子供〟が増えるわけですよね。だからオタクと呼ばれる人たちのめんどくささというのはそれなんですよね。子供のまんまでいいんだから、ということは、大人になってカネ稼がなきゃいけないという必然もあまりなくなるわけですけどね。

——それは社会が豊かになったことと関係あるんですね。

橋本　まさにそうです。昔だったら「働かざる者食うべからず」だったし、働かなかったら不良になるしかないというか。

——家から出ていけと言われる。

橋本　そうそう。家に飼っておくだけの余裕なんかないですから。それができるようになって、そうするとそれがどんどん進化してフリーターというものが生まれるんです。フリーターというのも、実は言葉が定着するのは九〇年代になってからです。バブルが弾けてから。それはフリーアルバイターというものが縮まってフリーターになったんだと言われて、びっくりしている人もいるんだけど（笑）。あんなものが昔は自由な選択だったのかって言うんだけど。つまりそういう、「われわれは大人にならないで適当になんかやっていれば大丈夫なんだ」と誇らしげに言うという風潮がちゃんとできあがったんです。そうするど大人にならなくてもいいというのはバカでもいいということとほぼイコールなので。

――しかしフリーターが最初に出てきたときは、わりと肯定的にも言われていましたね。

橋本　肯定的ですよ。自分で肯定的に言っていたから（笑）。

――世の中に縛られないで自分でやりたいことを探すみたいな。

橋本　それは世の中の会社員がまだ縛られているように見えたからですよね。ほんとに縛られていたかどうかはよくわからないんですけどね。かつてサラリーマン生活が窮屈だというものはあったんだから、それを前提にして、私たちはそうならないという発想をするわけだけれども、そのときに、果たしてサラリーマン生活は窮屈なものになっているかどうかという微妙なところはあるんですよね。バブルの時代になって何が変わってくるかというと、職種が減っていくんですよ。

バブルによって変わってしまった職業

――どういうことでしょうか。

橋本　いろいろなものが飽和状態になっていくから、その職業をやれない。だから財テクしなさいという、そういう変な方向へ行くんです。

――たとえばなくなってしまった職種って、どういうものがあるのでしょうか。

橋本　あるはあるけど、昔ほどは儲からないというかたちであるんですね。名前を出したらどうかなというのはあるけど、某芸能プロダクションが「これからは財テクをやります」と朗らかに言っていましたね。

――誰かに入れ知恵されたんですかね。

橋本　いや、映画を作るためにプロダクションはあったはずなんだけど、もはや映画を作っても意味ないという時代になっちゃったし、儲からない時代になっちゃった。それでテレビ映画を作ったんだけど、それももう終わっちゃって、やることないんですよ。でもスターを養ってかなきゃいけないから、どこでカネ稼ぐかと言ったら「これからは財テクします」と、わりと恥ずかしげもなく言ってました。だからそれが新しい職業だと思っていたし。

――出版社も、そんなところありましたね。不動産に走りました。

橋本　そうです。それに出版社はバブルの時代に莫大な広告費が入ってきたんですよね。それが九〇年代になって、個人消費アップになって、代理店が「うちで広告のクライアントを集めてくるから、こういう人相手の雑誌を作れ」という方向に行っちゃうんですよね。

——はい、おっしゃる通りです。僕は出版社にいた頃、本当にいま橋本さんが言われたことを電通からさんざん言われました。

橋本　しかもそうなっちゃうぐらいに、八〇年頃に今までの雑誌がもう売れなくなるんですよね。

——えっ？　八〇年は雑誌の時代ではなかったのでしょうか。

橋本　新しくなったから。それまでは「中央公論」とか、「文藝春秋」的なものが雑誌の基本スタイルだったのよ。でも今の雑誌と言ったら、グラビアが普通じゃない。あんなものないもん。あれは平凡出版と集英社の一部ぐらいにしかないですよ。

——そうですね。「アサヒグラフ」などの新聞社系の雑誌を別にすれば、写真を載せていた雑誌と言えば、せいぜい「平凡パンチ」ぐらいでしたね。

橋本　そういうものですよね。でも「平凡パンチ」でさえ活版でしたから。それが「POPEYE」になって、グラビア雑誌に変わっていって。

——あれは、マガジンハウスが広告はお金を取れるだけでなくコンテンツにもなるんだ、というのに気がついたからではないでしょうか。それであいう雑誌内での広告タイアップモデルを作ったのではないかと思います。

橋本　それもあるけど、やっぱり自分たちのやりたいものは、もはや活字じゃないというかたちでチェンジしたんだと思いますよ。ただグラビア雑誌を新しく作るのがすごく難しいというのがあったから、その転換は八〇年代になってからですね。雑誌の創刊と廃刊がすごく多くなった。でも、売れなくなったのをやめて、新しく雑誌を出しますになっても、やっぱりまだ活字だったの。ちょっと内容をくだけさせてとかっていう、新しいお客相手になるんだけど、そのうち全部グラビアに変わっちゃうよね。だからいま「婦人公論」と言ったら、もはやグラビア雑誌じゃん。それでもまだ文字多いけど。あれ、昔は完全に活字雑誌だよ。それでファッションページもあったんだから、恐ろしいでしょ。

――ファッションページだけカラーでしたね。

橋本　そうそう。そのことによって、こういうことを言っていいのかもわからないけど、ほんとだから言うけど、グラビア雑誌って字が小さいんですよね。活字雑誌よりもね。なぜなのかというと、デザイナーは字がでかいとダサいと思っているから小さくしたがるんですよ。だって俺、その頃デザインやっていたから、写植の級数指定なんて小さいものばっかりにしたかったもん。だから「こんなに字が小さくて誰が読めるの」と言ったって、こっちは若いから読めるじゃん。それで「別に字なんか誰も読まないからいいじゃん」みたいなものだし。

字が小さくなると、なんか高級なことが書いてあるふうな錯覚はするんだけど、どんどん読まなくていいみたいになるし、センテンスが短くなるんですよね。だからＬＩＮＥやツイッターの文字数制限があるという根っこはそこらへんから来てるんですよ。

文字が小さくなるでしょ。それで長いものを読みたくないんですよ。だって活字の雑誌自体が流行らなくなっているということは、長い文章なんか読みたくないわけよ。だからカタログ雑誌みたいになっちゃうというのは、文字が全部写真のキャプションみたいになっちゃうわけです。

だから昭和が終わったぐらいの頃かな、カメラマンが愚痴ってたよね。小さいコマ撮り写真みたいで、スーパーのチラシみたいな写真ばかり撮らされる。つまり昔のファッション雑誌というのは、ドンと見開きで、ひとつのイメージなのよ。この服はどこで売っているとか、いくらでという、そういう話じゃないのよ。イメージを広がらせるためのもので、だからファッションページというのは、そういう意味で、カメラマンにとってはとてもやりたい仕事場だったりするわけよ。だって昔の、七〇年代の「anan」なんて、鈴木清順がグラビアのディレクションやってたんだよ。

――それは初めて聞きました。

橋本　アシの枯れ草の中に袴着た女学生と一高風の学生とが立っているという、そのわりとクラシックな感じが新しいみたいな構成。

――『ツィゴイネルワイゼン』の世界ですね。

橋本　言ってみれば、現実離れしていればおしゃれなんだもん。パリがおしゃれだったら、小京都がなんでおしゃれじゃないの、という理屈。そういうかたちで旅行ブームというのが、若い娘の間から広がっていくし。だから小京都ブームというのは七〇年代なんですよ。国鉄が「ディスカバー・ジャパン」というのをやったりしていた。

　それで、職種がなくなったと言えば、国鉄が民営化されるでしょ。そこで合理化が起こるから、職員が要らなくなるじゃないですか。馘を切るわけにもいかないから「君、悪いけどサービス業のほうへ行ってくれない」って。で、食堂なんかの経営を始めたからそっちへ行く。あんなに窓口の対応の悪かった人間がサービス業をやるってどういうことなんだと思ったけど、民営化した途端に「えっ、何があったの」と思うぐらいに変わったもんね。昔、国鉄の窓口で切符を買うのって大変だったんだよ、怖くて。「どこそこまで」と言うじゃん、そうすると「急行券は？」とかって怒るんだよ。

――なんで怒ったんでしょうね。

橋本　めんどくさいからでしょ。俺はおまえみたいなバカの相手をしていたくないという。六〇年代の半ばぐらいまでか、昭和三〇年代だと、頑張る鉄道マン。苦難に耐えて頑張って、線路を守る鉄道マンの話みたいなのは日本映画でもあるんだよ。でもよく考えると、彼らは公務員に準じるような存在だからエリートなわけです。それがどんどん増長していくと、すごく偉そうになる。トラックの輸送がなんで急速に広まったと思う?

――高速道路が整備されたとか、そういうことではなくて?

橋本　なくて。トラック以前は荷物は貨物列車で運んでいたのよ。ところが国鉄がストばかりやっているから、ちゃんと届かないのよ。それでトラックに切り替えるという方向に行っちゃった。国鉄の職員がストばかりやっているというのは、七〇年代の初めには顕著にそうですね。

――ストができないから順法闘争とかもありましたね。

橋本　これは違法じゃないとかさ。

――とにかく春闘の頃になると国鉄が止まるということで、みんな会社に布団持ってきて、泊まったりしてましたね。

橋本　だから六〇年代末期になって貸布団屋というのは、ひとつの業種として成り立っていくんだよ。会社に泊まり込むから。

――普通のサラリーマンが「明日はストだから」と言って、会社に布団を敷いて寝ているのは異様な光景でしたね。

橋本　俺が中学生だったか、小学生だったか、その頃に京王線がストやってるといって、友だちと一緒になって線路の上を歩いていたよ。でもストを闘える労働者というのは恵まれている人たちだね。で、恵まれている人たちをそのまんまにすれば増長するんだよね（笑）。

大人と子供が逆転した時代へ

――今回の橋本さんの本の終章「不思議な王子様のモノローグ」で書かれていた、町の風景の変遷の話もとても印象的でした。自分の住んでいる町が寂れるのも悲しいけれど、栄えていくのも寂しいというのは、よくわかります。

橋本　どんどん個人商店が閉鎖されていって、大きなものに吸収されていってというのはいつからというよりも、ちょっとずつ、ちょっとずつそういうふうになっていくんですよね。私は中学生になるまでスーパーマーケットって見たことなかったんです。だってスーパーマーケットがなくちゃ困るというようなところに住んでいないし、私、商店街の端っこで生まれ育った子供で、同じような業種の店っていくらでもあるから。

――橋本さんは東京生まれ、東京育ちですよね。それなのに、六〇年くらいになるまで家の近くにスーパーマーケットがなかったんですか。

橋本　山手にはなかった。で、おばが結婚して、今の西東京市に行って、そこで初めてスーパーマーケットというのを見ました。西武だから西友の。

――西東京というと、昔の保谷、田無あたりですね。

橋本　そうです。で、おばが「ここにはあまりいいものないからね」と言っていたのがはっきり記憶に残っています。だって古い商店街がちゃんとあるから。私鉄会社がスーパーマーケットを経営するようになって、宅地が開発されていくと、不便といわれていたような地域が「スーパーマーケットがあるから大丈夫ですよ」というふうに発展していくんです。そうやってちょっとずつ広がっていくんです。

だからスーパーマーケットだから安いっていうのは、ダイエーの初期だけの話であって、その頃は「安かろう悪かろう」と言われていたし、ある程度のところまで行っちゃうと、他に何もないけど、駅前にスーパーがあるから大丈夫ですよ、というかたちになって、安いかどうかはわからなくなる。言ってみれば、近所にコンビニがありますよ、の前段階版みたいなものでね。だからすでに町ができあがっているところにスーパーマーケットは入る余裕ないんです。商店街が健在で、存在しているから。

――商店街では品揃えとかがダメだからスーパーを……。

橋本　いや、そんなことはないですよ。発祥はダイエー、関西でしょ。どんどん安くするという、そういう売り方ですよね。他は知らないけど、東京の山手系の普通の人だったら、あんまり安すぎるのは信用できないって、眉に唾付けるぐらいで。だから、他に何もない私鉄の経営するスーパーというかたちで沿線にできていくというふうになって、実家の近くで見たのは、東京オリンピックの後だな。七〇年代になってからかもしれないな。京王線が京王ストアをつくるようになって。

　だからわりとかわいそうな少年時代を過ごした五十男みたいなのはいくらでもいますよ。うちが郊外の新しい住宅地で、周りは畑とか田んぼで何もなくて、駅前にスーパーが一軒あるだけという。学校と家を往復するだけで、他は何もないという悲しい少年時代を語る五十男。そうなってくると、そこにひとつの芽ができて、それをどんどん広げていけば、スーパーがひとつのデパートのようになるわけじゃないですか。そうすると、そのことによって周りの商店とかなんとかというのは、品揃え悪いとかで消えていくでしょ。それよりも何よりも、昔風の商店だから暗いんですよ。タイムやローズマリーとか、そういう香草なんて、日本人、手に入らなかったですよね。普通に売るようになったのは七〇年代の後半ぐらいじゃないかな。「それ、あります？」って聞いたって、「ない」っていうのが当たり前だったし。

——必要がなかった、というか知らなかったものを、雑誌が煽るんですかね。

橋本　だんだんそうなっていくんでしょ。戦前は厨房の時代があって、戦後も厨房はあったけど、家庭でちゃんとした料理を作るという伝統はいっぺんなくなっちゃうんですよ。戦争で食料が手に入らないから。それで料理の仕方を知らないところに、アメリカからアメリカ風の料理というのがやってきて、それがおしゃれだというので、そっちへいっちゃうというのがあるから、そういう意味では、日本のドメスティックな家庭料理の伝統ってあるようでないんですよね。あるのは、たぶん京のおばんざいと言っている、あそこらへんぐらいだけですよね。

——そうですね。昔は貧しかったし、農家だと夫婦で野良仕事もしてたので、基本は一汁一菜。料理なんて碌にしなかったですしね。

橋本　干物を焼いて、味噌汁があって、漬け物があれば、それで上の字ぐらいなもので。だから日本人の初めての西洋料理って、野菜炒めだよね（笑）。今でも得意な料理、目玉焼きっていうバカな女もいるけど、それは戦後の日本のあり方からすると西洋料理のひとつなんだろうなと思いますよね。

――でもカレーにしても何にしても、結局インスタントというか、モトを入れるだけでした。果たしてそれを料理と呼んでいいのか。

橋本　でも、ジブリでハウスのカレーのCMをやっているのあるじゃないですか。

――「おうちで食べよう。」シリーズですね。

橋本　あんなもの、リアルに知っている世代なんて、私から上だと思う。ただ、私が知っているのはハウスでもS&Bでもないんですよ、オリエンタルカレー。あれが一番CMソングをいっぱい流していた。メジャーだったけど、まだ固形のルウがないんです。カレー粉を小麦粉と一緒に煎って、という世界だから、誰でも作れるものじゃなかったですよね。

昭和三〇年代の初めのほうですけど、小学校で母親相手に料理教室をやったんですよね。うちの母親、行ってましたもん。

――どういう料理を教えるんですか。

橋本　普通の料理ですよ。だって料理の仕方、みんな知らないから。だから、給食がまずいから残した、みたいな話って聞くけどさ、私、ほんとかなとか思うのね。みんなそんなにいいもの食っていたわけないじゃないかっていう話。うちは祖母が女中をやっていたんですよ。だから料理の一通りはできたんです。でも戦前の料理だから、新しい料理には対応できないわけ。で、母親が小学校の料理教室みたいなところへ行って、一所懸命メモを取って、覚えてきて、それをやってましたからね。そのように料理の断絶というものはあるんだなって。

――そうですね。戦前の料理の知識だと、いわゆるカレーとか、スパゲティとか、オムレツなどは作れないわけですよね。

橋本　でも祖母はカレー作っていたんです。小さなフライパンで小麦粉とカレー粉を煎ってね。

――それはハイカラですごいですね。

橋本　でも、そういう人はあまりいないから、やっぱり店頭でカレーはこうやって作るんですよ、という実演が必要なわけでしょ。

――でも、あの当時の団地で暮らしているようなお母さんたちの料理は、全部モトを入れるだけということでやってきて、結果としていま六十～七十代ぐらいの人たちの料理の腕前ってどうなんだろうなって思います。

橋本　そういうものじゃないと、もうだんだんできないぐらいだし。だって団地というのはそもそも商店街から離れたところにあるものだから、大変なんだから。買物に行くのでさえ。

――そういう人の娘、いまの四十～五十代も料理を教えてもらえたわけがないですよね。

橋本　そうそう。しかも子供を大切にして、子供に勉強させるというふうになったから、料理の手伝いなんかしなくていいぐらいになってくるから、どんどんできなくなって、それで脳の片付けるという機能が成長しない人間が育つわけですね。

――家事をやるよりも塾に行けで、料理ができないから片付けられないんですね。そうやってみんなどんどん考えなくなる。

橋本　だって自分ちでホワイトソース作ったのって、私が最初なんですよ。それはさ、おばが「暮しの手帖」を取っていて、それの料理ページにホワイトソースを使った料理とかいうのが載っていて、うまそうだなと思っていて。ホワイトソースはどうやって作るのか、こういうふうに書いてあるから、ああやればいいのか、って頭の中に入れていて、私がやったのが最初です（笑）。

だからパソコンを大人は覚えられないけど、子供がさっさと使っちゃうという、大人と子供が逆転した時代ってあるじゃないですか。すでに戦後はそうなるように運命付けられているんです。大人は知らない。知らない点においては、大人も子供も同じスタートラインに立っていて、知らないものをマスターするんだったら子供のほうが早いという。それでどんどん文化が低年齢化していくんです。

私がアニメを見なくなった理由

橋本　8ビートが速いものだったのが、16ビートになると、もうついていけないって、大人のジャズメンが言うようになっちゃうんですよ。その当時、ロックを聴いて、ギター弾けるような子供たちが青年になっていくわけだから。そうすると大人のものと今のものとの間にどんどん溝みたいなのができていくじゃないですか。子供でできちゃうと、改めて大人になるということをチャレンジしようという気がなくなるんです。だってできているんだもん。「大人がやると違うよ」と言ったって、「自分たちでできているんだからいいじゃないか」と言って、誰もそんなものイエスと言わないですよ。面倒くさいから。

——子供から大人になるときの、所謂、通過儀礼的なものはなくなっちゃったんですね。

橋本 ないです。だから、この年表で行くと『風の谷のナウシカ』八四年でしょ。そのちょっと前に『機動戦士ガンダム』があるんですよね。『ガンダム』から『ナウシカ』というのは、戦う少年少女の話になっちゃうんですよね。それまでのアニメで少年少女は戦わないんですよ。

——『鉄人28号』では正太郎君は操縦専門でしたね。

橋本 そうそう。別のものを働かしてたし、しかも敵に対して憎悪を持って戦うという気がまずないんですよ。『あしたのジョー』の矢吹丈だって、『巨人の星』の星飛雄馬だって、敵に対して憎悪を持ってというわけではなくて、最大の敵は己なり、みたいな、まったく古いモラルでしょ。でも『ガンダム』になっちゃうと、敵に対して憎悪を持って戦うしかないんですよね。戦うのはいやだと言うと引っぱたかれるわけでしょ。だからそれぐらい子供がどこかで追い詰められているんですよね。だから『ガンダム』なんか、初めの放映では視聴率取れなかったというのは、それまで子供が見てわかるようなアニメだったんだけど、それはもうちょっと年とらないとわからないという。受験戦争で痛めつけられた子供じゃないと共感できないという変なものがあって。『ナウシカ』も『ラピュタ』も、明らかに敵はいるんですよね。悪い大人の敵がいて、少年たちはそれと戦うわけ。そのへんから変わりましたよ。

――でも、この頃のジブリ作品って、本当に今のようなヒットはなかったんですよね。

橋本　だって『ガンダム』だって初めはそんなに人気でなかった。『(新世紀)エヴァンゲリオン』もそうだし。

――そうですね。今の人に『となりのトトロ』が公開時は興行的にはふるわなかった、と言っても信じてもらえません。

橋本　それ、わからないですね。

――僕の個人的意見ですが、バブルで日本全体がイケイケの時代に、ああいう、原点回帰的な内容は支持されなかったんじゃないかと思ったんですよね。

橋本　原点回帰というよりも、大人がそろってアニメを見るという感覚がなかったんじゃないですか。一般的になっていないんじゃないですか。だってプッシュするのが徳間書店の「アニメージュ」ぐらいだったから。だからオタク的な扱いで言えば同じだと思います。テレビのアニメというのが、何でもアニメにしちゃうというのがあって、そのうち漫画のネタがなくなるじゃないですか。でもアニメと言ったらテレビのアニメだから、漫画が動くようなものだというのがあって、オリジナルアニメという考え方はあまりないじゃないですか。困ったことに、その頃はディズニーのアニメが不調というか、存在しない時代なんですよね。そうするとアニメというのは、普通の人との間に接点がないんだよね。

——確かにそうですね。まだ普通の人は漫画映画と言って見に行きませんでした。

橋本 だからオタクっぽいところにあったのが、それが一般的に広がっていくというようなものじゃないですか。私、八〇年代の初めぐらいに「アニメのことは書いてくれないんですか」みたいな言われ方をしたこともあったんですけど、当時のアニメに興味なかった。

——そうでしたか。で最初に言った、女の子が都会に行って、仕事をするという話の『魔女の宅急便』が大ヒットしたんですよね。

橋本 女の子が主人公になってくれたほうがいいなという時代。男もそう思うようになっちゃったかもしれませんね。アニメのキャラクターはもはやアバターで、それに対して感情移入するんじゃなくて、それを応援するという変な方向に行きましたよね。アイドルブームでも、みんな応援するというかたちで、それを性的対象にしちゃう奴はだいたい危ない奴というようなもので。実写でやるようなものをアニメでやっちゃったのを見て、これはもう完全にアバターなんだなとは思いましたね。

　でも私がアニメを見なくなっちゃった理由というのはすごく簡単なんですよね。最後に劇場へ行って見たのって、ディズニーの『101匹わんちゃん大行進』（一九六二）なんですよね。

――それ、すごい昔の映画。六〇年代ですよね。

橋本　そうですよ。中学生なんですけど。「妹が見たいと言うから、連れて行ってやって」と言われて、それで行ったんです。だから『眠れる森の美女』（一九六〇）も劇場で見ているんですけど、そしたら、もうなんかその後ディズニーのアニメがつまらなくなっちゃったんですよね。

――それはどういうことでしょうか。

橋本　単純に、私が見たいものではなくなっている。

――『101匹わんちゃん』はどうだったんですか。

橋本　絵がすごくきれいだった。あのときにゼロックスを初めて使ってやるから、輪郭線が複雑なんですよね。そこに水彩絵の具で描いたみたいなアニメで、高畑さんが好きそうな感じだけどさ。それが新鮮で、すごくきれいでしたね。私にとってアニメって絵なんですよ。絵がつまらなかったらおしまいなんですよね。その後に『鉄腕アトム』（一九六三〜一九六六）がテレビでアニメになって、動かないんじゃなくて、動いているんだけど、無意味に動いているんですよ。アトムが科学省の長い廊下をずっと歩いていたりね。同じテンポでずっと空を飛んでいたりね。漫画を見ている限りは、自分で勝手にイメージの中でコマが動いていくから歩ける。人の動きに合わされるのは退屈だと思うし、ああ、時間稼ぎしているんだなと思ったから（笑）。それで、ああ、ダメだなと思って。そしたら『ジャングル大帝』（一九六五〜一九六六）が出てきて、カラーでしょ。あれのオープニングタイトルを見たときはほんとびっくりした。こんなにすごいところまでいったんだと思ったけど、本編になったらちょっと違うなって。二話目になったらもう絵が違うなと思って、それでおしまいです（笑）。私、東映動画も見ているんですよ。『わんぱく王子の大蛇退治』（一九六三）なんて、セル画さえ持っていたぐらいで。

でもやっぱりこっちが成長していくのと、向こうが成長してくるので合わなくなっちゃって。だからテレビアニメだって、ほとんど絵、動いていないし。それでやっぱり「十歳ぐらい下のいとこが見たがってるから連れて行ってやって」と言われて、東映のアニメの『サイボーグ００９』（一九六六）に行ったんですよ。なんだ、この絵はとか思って。子供だからお話に興奮すればそれでいいんだろうけど、こっちはなんか、この汚くて荒っぽい絵のひどさは何だろうな、ちょうど漫画から劇画に変わっていく時代だから、荒っぽくなければいけないとどこかで思っていたんですよね。大島渚が『忍者武芸帳』（一九六七）を撮っていたぐらいの時代ですから。でも、そういうものでもなかろうにと思って、それきりなんですよね（笑）。

——それでいやになっちゃったんですね。

橋本　なんか、テレビアニメをやってて、動くようになったんだ、とかも思うようにもなったけど、でもすでにその頃には興味がないんですよ。困ったことにというか、だってもう大人なんだもん（笑）。

——大人はやっぱりアニメーションは見ない。

橋本　アニメの世界観ってあるじゃないですか。CMでアニメでやるところを人間に替えてというのは、人間だったらもっと面倒くさい陰影ができるんだけど、アニメにするとその部分、全部すっ飛ばせるじゃないですか。そうするとそれは別にあらすじみたいなものので「見なくてもいいじゃん」って思っているんですよね。

子供が技を覚えたから「間違っている」と簡単に言えなくなった

――ひとつ思ったのは、漫画やアニメーションがどんどん出てくることによって、やっぱり人はテキストを読まなくなったのでしょうか。

橋本　読まなくなるでしょ。

――それはやっぱりバカになるということなんですね。

橋本　うん。だって漫画がアニメにされている時代は、子供はみんなテレビのアニメで見ちゃうから、面倒くさいこと、わからないんですよね。だから『あしたのジョー』（一九七〇〜一九七二）のアニメを見て育った人間が、大人になってから原作の漫画を見て「えっ、こんな話だったの」ってびっくりしたというのはありますよね。それで、今、漫画を読むの面倒くさくて読まないという人もけっこういるじゃないですか。もはや漫画は読み慣れた人しか読まないという。

――昔は漫画なんか読んでるとバカになる、と言われていたのが、いまや漫画すら難しくて読めない。

橋本　そう。高年齢化しているという（笑）。ひと頃は本を読まなくなった人間がどこで時間を潰しているのかと言ったら、漫画を読んでいるというふうに言ったんだけど、漫画も読まなくなって、どこへ行っているんだと言ったら、みんなケータイでずっとしゃべっているだけだというのがあって、そのうちしゃべりもしなくなり、ＬＩＮＥで片を付けてという。

——ＬＩＮＥでスタンプだけポンと送って。

橋本　はい。でも、そういうものをどんどん時間消費するぐらいにいっぱいやっているわけでしょ。それで大丈夫なんだから大丈夫なんだろうな、と。そのぐらいですよね。「当人がおかしくなっても知らないよ」という。

——でも逆に言えば、世の中のほうがそういう人に合わせるように、どんどんもっと簡単になってきていますよね、何でも。

橋本　うん。子供自体がマーケットになってるし子供が技を覚えちゃったから、それ、間違っていると簡単に言えなくなったんですよ。理屈を覚えたというか。私たちはこれができているし、これが便利でなんの問題があるんだろうか、みたいな。もっと開き直れば「私たちは新種の人類なので、古い大人の考えに縛られたくない」という、それもありです。じゃ、ご自由にどうぞみたいな。

——その考えというか、若者vs.大人の対立構造は、遥か昔から常に若者が大人に対して抱いてきた思いとは違うのでしょうか。

橋本　同じようなものでしょうね。ただ、昔のほうがもうちょっと大人に対する畏れがあった。曰く言い難いけど。こっちにそんなに備えがないから、備えがない人間が、きっと大人はもっといっぱいいいろいろなものを備えているんだろうなと思うから、過大評価かもしれなくても、大人には負けちゃうと思うことありますよね。そこらへんを、六〇年代末頃で言えば、「Don't trust over 30.」（三十歳以上を信じるな）ですよね。三十以上は信用できないというから、すでにその頃は三十が大人の目安だったんですよね。でも今は三十過ぎたからって別にどうっていうこともないわけで。

——そうですね。五十歳でも子供みたいな人、いっぱいいます。

橋本　大人がやるようなことを機械が代行してくれて、わりと簡単に処理できるようになっちゃったから、子供が大人を畏れる理由がないんです。しかも大人はそんなにカネ使ってくれないけど、若い少年少女はバカみたいに平気でカネ使っちゃうというのがあるから、そこに合わせて、ケータイの基本料金も安くしましょうと。学割で安くなるって、どこもかしこもやっているしね。そうすれば別に大人を畏れる理由はなくて、私たちには商品価値があるんだ、という開き直りをするじゃないですか。そういう開き直りは昔はしていなかったですね。若者を騙して、大人が金儲けしているぐらいの考え方はあっただろうけれども、今はないですね。アイドルを使って、大人が悪い金儲けしているみたいなのは、ちょっと前までは若干あっただろうけど、今みたいに誰でも彼でもアイドルになってしまうと、「大人に騙すだけの力があるんだろうか？」みたいな。かえって、逆に「私たちにはアイドル力があるんだから、大人は売りなさい」と押しつけてくるみたいなもので。

――僕は、たとえば『サザエさん』見て、びっくりしているんですけど、波平って五十四歳なんですよね。だから今の僕とそんなに変わらない。でも、僕は心情としては、今でもカツオのほうに思い入れをしちゃうんですけど、これって永遠に僕らは波平にはなれないのかなとか。

橋本　あれはもう絶滅した人たちですよね。

――昔はいたわけですよね。

橋本　そう。私はリアルタイムであの人は知っていますけど。だっていま家の中でずっと浴衣でいる父親なんていないじゃない（笑）。だから私にとってフネは、意外とリアルに母親なんですよ、ああいうものだったし。だって母親になると、若い母親もいるけれど、だいたいもう普通の若い女じゃない、というふうに覚悟を決めていたから、ほとんど割烹着を着ていますよね。ただ、私の母親は着物を着ていなかったけれど、祖母はずっと着物を着ていたから、うちの祖母がフネに近いのかな。

ただし私、リアルタイムで漫画の『サザエさん』を読んでた人なので、「お魚くわえたどら猫」というのが何なのかって、知っているんですよね。あれはさ、戦後で食料の配給があるわけよ。食料の配給があると、道端に新聞紙みたいのを広げて、物を並べておくわけ。町内会に配給があって、誰かが取りにくるためにそれが並んでいるわけですよ。で、町内の人は持っていってくださいと。誰か一人、番をしている人間がいてさ、魚が並んでいたところにサザエさんが番をしていたの。そこを野良猫がくわえて逃げちゃった。

――あっ、そうなんですか。

橋本　それが「お魚くわえたどら猫」なの。そういう漫画がちゃんとあったの。

――あれは家に忍び込んで、台所からくわえていったんじゃなくて。

橋本　なくて。それを見たのは、すでに新聞連載じゃなくて、単行本になったやつで見て、こういう習慣がちょっと前はあったんだ、知らないな、と思ったというのはあるんですけど、やっぱりそれが主題歌になるぐらいに印象的だったりするわけでしょ。そういう意味では、ある時期までは、戦後風俗とシンクロしていたんですよね。連載漫画が終わってしまったのは、長谷川町子先生が戦後風俗についていけないというか、いきたくないというか、それぐらいになったからじゃないんですか。それでウエットなホームドラマになっちゃいましたしね。

——そうですね。『サザエさん』って漫画の頃は、学生運動とかけっこう政治的な問題とかもいろいろ風刺していましたからね。

橋本　映画化された『サザエさん』（一九五六）ってご存じですか。

——はい、江利チエミが主演の作品ですね。

橋本　お母さんは清川虹子なんですよね。だからフネは決しておとなしくなんかないんですよ。フネも「サザエー！」と言って、フライパンやほうきを持って追っかけ回す程度のものだったんだけど、ビデオ化の話は一時期あったんですけど、なくなりました。だんだん年とってくると、過激なものじゃなくて「ほんとはもっと良かったのよ」という抑え方が生まれちゃうから、それなんでしょうね。でももう絶滅危惧種のお父さんとお母さんがそういうふうにいてもいいんじゃないですかね（笑）。

——ほんとに絶滅しちゃいましたね。だからカツオはきっといつまでたっても、今の時代では波平にはならないんですよね。

橋本　カツオ以前に、マスオさんがならないですよ。マスオさんは浴衣着て、縁日なんか行くのかなあ、行っても、波平にはなれないなって。

バカの最終局面に入った時代

——なるほど。そうやってみんな大人にならない。僕なんかはその最たるものだと思うんですが、大人にならないということは、悲しいかなバカになっていくということなんですね。

橋本　うん。豊かになっていくというプロセスと、バカになっていくというプロセスはほぼ同じですよね。ただ、バブル以後、豊かになっていくというプロセスがなくなってしまったからバカになっていくという方面ばかりが目立つようになったんじゃないですか。

——では、豊かさとはとくに相関関係にあるわけではなくて。

橋本　あるところまで相関関係があったけど。

——豊かさは失速しちゃったけど、バカ化は相変わらず膨張しているということでしょうか。

橋本　だって貧しくても地下アイドルやってます、なんていう悲しいものまで生まれちゃうじゃないですか。もうSFに近いですよね。貧しい未来社会の下層で少女が身体を売っているようなものでしょ。

――こういった傾向は、これからもっとどんどんと進んでいくんですかね。

橋本　バカの最終局面に入るんだと思うんですけどね。今は、右傾化というよりも、バカになっていると言ったほうが早いと思いますけどね。だからトランプ政権がどうこうというよりも、手っ取り早く言っちゃえば、アメリカ人のバカの数が多かったから、あんなものが大統領になったと考えたらいいようなものですし、森友学園もけっこうそうですしね。バカになった最終局面のような気がしますね。いつまでもそれやっていたって、辻褄合わなくなっているんだぜ、という、そのくらいだと思いますけど。

だからオランダで極右政党が第一党になるか、ならないかというところで微妙になれなかったというのも、やっぱりそれ、トランプ以後だと思うんですけどね。あんなものやると、あんなめちゃくちゃなことが起こるよ、というのを現実に見ちゃえば、人は冷静に学ぶじゃないですか。

――イギリスのEU離脱もやっぱりバカですか。

橋本　まあね。若い女の子が「なんで年寄りが私たちの未来を決めちゃうんですか」と言って嘆いていたのがすごく印象的ですけどね。じゃあ、若い娘がほんとに正しく、ちゃんとものごとを理解しているのかどうかというと、また別ですけど。

——僕、橋本さんの本を読んで、ひとつお聞きしたいことがあったんです。EUに関してもともとは大きいことがいいことだ、という流れから来たものだとおっしゃっているんですが、そもそもEUというのは、前身がヨーロッパの石炭の鉄鋼共同体だったので、あれは石炭を巡って争いをやめようという、平和主義から来たのではないでしょうか。

橋本 そんなに西洋人がいい人だと思います？ イギリスが入らなかったのは、自分のところにウェールズの炭鉱があるからだっていうやつでしょ。

——はい。

橋本 でも、それだけだと思います？ だってそうやったほうが大きくなる。第二次世界大戦が終わってから、ヨーロッパの地位が相対的に低下しているということは、ヨーロッパの人間はみんな知っているわけじゃないですか。まだ石炭でなんとかやれるかもしれないというのは、石炭は起爆剤でしょ、ある意味。

——石炭の産地、炭鉱がフランスなどの国境が入り組んだ微妙なところにあるじゃないですか。だからそれがもとで戦争が絶えなかったので、もう争いはやめようよということじゃないのでしょうか。

橋本　それは疑問だと思うな。フランスの大統領とドイツの首相が、今のところはＥＵを守っていきましょうね、って仲良くしているけど、フランス人がそんなにドイツ人、好きかなというのは微妙だと思います。

――嫌いだと思います、それは（笑）。

橋本　ドイツ人の抱えているコンプレックスって、とんでもなく根深いものがありますからね。

――それはいつ頃から芽生えたものなんでしょうね。

橋本　明白になったのは、ビクトリア女王の孫のウィルヘルム二世の時代ですよね。でもやっぱりドイツが大いなる田舎という思いは、フランスやイギリスのほうではあったんじゃないですか。だって第二次世界大戦の枢軸国というのは、進歩から一歩遅れた国ですからね。日本も含めて。

どこまでもバカになると人間は滅びる

――橋本さんは、バブルの時代とその時代のスタジオジブリについて、どのような見方をお持ちでしょうか。

橋本　バブルの時代にジブリが伸びていったというのは、「落ち着いてもいいんだ」というのが生まれたからじゃないですか。ジブリって「前へ、前へ」じゃないじゃないですか。だから「前へ、前へ」じゃなく、そろそろ「落ち着いて見ていてもいいんだ」というところに時代のブレーキがかかったというか。ジブリのアニメって、基本的に前に進まないじゃないですか。ある意味で、古き良き時代を現出してくれるというところがあるから、そういう意味で「落ち着いていてもいいですよ」という世界なんだと思いますけど。

――ということは、バブルの時代にちょっと反省というか、否定的な感じということですかね。

橋本　否定的というか、どっちかというと無視するじゃないですか。だいたい宮崎さんだって、『天空の城ラピュタ』以後はあんまり好戦的でもなくなっているじゃないですか（笑）。人民を落ち着かせるのにはどうすればいいのかという考え方になっていらっしゃるんじゃないですかね。だからジブリのアニメが他のアニメと違うんじゃないですか。他のアニメはもっとニューロチックというか、青少年のピリピリした神経に合致するようなものだったりするわけだけど、ジブリのはそうじゃないでしょ。今後、どういう方向へ行くのかわからないですけど。

　私、見てはいないんですけど、『レッドタートル』のワンシーンの絵を見ると、ああ、きれいだなと思うんですよ。でもきっときれいだから、あんまり流行らないなと思う（笑）。

――そうなんです。おっしゃる通りでして（笑）。

橋本　あまりきれいということを求めていないのかもしれないしね。きれいの質が違うのかもしれないですけど。

――でも絵に対する思い。『君の名は。』（二〇一六）があれほどヒットしたのは、絵がきれいだと言っている人がすごく多かったんですよね。

橋本　私、うるさくていやだな（笑）。私にとって、宮崎さんのアニメ、なかなかとっつきにくいというのは、背景の描き込みすぎというのが大きいんですよね。だから高畑さんの『火垂るの墓』を見ていて、それで落ち着けるのは、あの人のアニメは背景に抜けがあるんですよね。それがなんか空気感として伝わってくるので、全部描かれちゃうとちょっと辛いなあという。でも全部描いちゃうというところが、『千と千尋』まで行っちゃうとあり得ない世界だから、全部描きまくってやるぐらいになって、それだとそれなりに調和がとれるんですけどね。だからあの作品の中でグタグタグタグタの建物の中のシーンと、対照的に透明な水のシーンというのがあるじゃないですか。あそこらへんがいいんだろうなと思いますけどね。

――今日の橋本さんのお話で、「今はバカの最終局面に入る」というのが興味深かったです。

橋本　うん。どこまでもバカになると、やっぱり人間滅びますからね。だから五十代ぐらいのオタクとか、フリーターみたいなのがけっこう増えているというのは、彼らが八〇年代ぐらいの頃に青少年だったからなんですよね。大学生ぐらいの年頃で、そのまんまで大人にならなくてもいいと思ったから、ずっとそのまま来ちゃったんですよ。そういう人たちが孤独死するような時代になっちゃっているわけだから、バカのまんまでいいわけないじゃないですか。そういうかたちで、自然の成り行きは教えちゃうみたいなものですよね。

――なるほど。ありがとうございます。顔写真を数枚撮らせてください。最近、スマホのカメラの性能がいいので、もうスマホで撮ってます。

橋本　だってニュースもそれで撮るわけでしょ。アニメーションだって、セル画描いている時代だったら、誰でも簡単にできるものじゃないけど、コンピュータが動かすというふうになっちゃったら、また違いますわね。私どうしても3Dアニメというのが好きになれなくて。あれはさ、やっていくとどんどん細かく、精密にしたがるものなんだよね。そうするとさ、「これ、アニメである意味がどこにあるんだろう」みたいになっちゃって。アニメというのは省略化して、何か違うものが動いているというところが一番の醍醐味なんじゃないのと思うけど。

――でもアニメーションだと、監督が役者のコントロールを全部自分でできるという点がありますよね。

橋本　それやるとすごくつまらない、観念的なものにしかならないですよ。ちゃんとした監督だったら、「役者がこちらの意図しないことをやってくれたから良くなった」という拾い方をするものですけどね。

――そういうのをいやがる監督もいるわけですよね。やっぱり役者ってどうしてもオーバー、オーバーにと演技過剰になってしまうものなんじゃないでしょうか。

橋本　オーバー、オーバーになっちゃうのもあるんだけど、小津安二郎は余分なことしてくれるなという人なんですよね。でもロバート・アルトマンなんか、余分なことをやっていても、全部拾って、それをやりたいというようなものだから、監督のタイプってあるんじゃないですか。黒澤明だって、余分なことしてくれるな、と文句言っているけど、三船敏郎にはわりと好きなことをやらせていたわけだし。だって三船敏郎のキャラクターが黒澤明のコントロールの外にいるから使えていたわけでしょ。だからコントロールできる人が主役になってから、黒澤明の映画はつまらないですよ。『影武者』も『乱』も。

――なるほど。『影武者』は勝新がやってたら、もしかしたらもっとずっとおもしろくなったかもしれませんね。でもあの人はコントロールできなかったから、降板になってしまいました。

橋本　そう。だからコントロールできないものを使うだけの器量が、もはやあの年でなくなったのかなあ。だから色が付いてからの黒澤明はおもしろくない。

アニメで私が一番好きだったのは実は水の表現なんですよ。つまり絵で水を描くと、北斎の浪だってそうだけど、どうとでも描けるじゃないですか。アニメをやる人は、どういうふうに波を描くのかな、という楽しみが昔はありましたね。だから3Dアニメになっちゃって、リアルな水になっちゃうとおもしろくもなんともないなと思っちゃうんです。

一番すごい波の表現って、実は布なんですよね。三島由紀夫の『椿説弓張月《ちんせつゆみはりづき》』を国立劇場でやったときは、海のシーン、舞台一面海なんですが、全部下に浪の絵を描いた布が張ってあるのね。布を張ってあって、船が転覆してしまって、それで孤島にようようたどり着いた二人がそこで自害すると、そこに大波が襲ってきて、隠れるってなるんですけど、その波も布なんです。すごくでかい布がボワーッてめくれ上がってさ。その噓くささがほんとにすてき（笑）。

　だからアニメってどこかで噓くささを使っている芸術じゃないですか。それを全部リアルに近づけても鬱陶しいだけだけどなという気がします。人間って、全部映っているものを見ているわけじゃないんですよね。自分で勝手に焦点を合わせているから、見ていない部分がいっぱいあるわけで、全部描き込まれてしまうと、そんなにびっしり見なきゃいけないのと言って、目が疲れるんですよね。もう年とってるからなおさらですね（笑）。

――今日は当初の予定からは少し脱線してしまった展開でしたが、大変におもしろいことを聞かせて頂きました。本当にありがとうございました。

第二章

「読書しない」という方法

聞き手・構成　小柳学

『枕草子』と『源氏物語』はこうして読んだ

——橋本治さんが「橋本治」になるまでにどんな読書があったのでしょうか。「本を読む」方法を教えてください。

橋本　いまは、読者になって「本を読む」ことは、全くしないですよね。いつからそうなったかというと、三十代の後半ぐらいかな。「人は何を書いてるんだ?」と思うことが、なんか逃避みたいな気がしてね。俺は読むのが仕事じゃなくて、書くのが仕事なんだから、ちゃんと書かないで人のを読んでてもしょうがないでしょ。評判になっているものを読んで、「ああ、こういうのを書くといいんだ、じゃ自分もそういうことをやらなければいけないのかな」って変に迷う自分がいやだったので、そういうのを全部シャットアウトして現在に至る、ですね。

もちろん仕事の必要で読むということはあります。例えば十年前に『月食』という芝居の台本を書くときに、あれはお釈迦様のいた時代の話で、インドのことを何にも知らないから、とりあえず何冊か、それこそパーリ語辞典というものまで買って読んだんですよ。辞典を全ページ見たし。そのとき「考えてみたら、あらかじめ調べて何か書くのは初めてだな」と。

じゃあ、『桃尻語訳　枕草子』はどうなのかというと、あれに関しては「分かんないから訳してみよう」で、調べるもヘッタクレもない。原文よりも、原文の上に書いてある注釈のほうが俺にとってはむずかしくてね。俺の場合、「分かる」は、ある程度進行しない限り起こらないので、とりあえず訳すことを続けるしかないんですよ。そういう体質の人なんですよ。

『源氏物語』は、高校のときに、谷崎潤一郎の新々訳で一応読んでいたの。だから、大体どういう話で、最後どうなるかは知っていたんですよ。でも真ん中は全部忘れてる。退屈を我慢して読んだ記憶だけある。『窯変　源氏物語』を書く前に谷崎訳を見たら、何を言っているのか、さっぱり分からない。これを読んで何かが「分かる」ことは起こらないと思ってしまった。

文章って、読むことによって、行間のイメージが膨らんできて、分かるところが見えてくるというのがあるんだけど、谷崎の新々訳というのは、そういうことが起こらない。行間を全部セメントで塗り固めちゃったみたいで。助詞、助動詞まで忠実に拾っているから、原文と照らし合わせて、訳文として読む分には、完璧な訳なんだけどね、ほんとに。

それじゃあ、高校生の俺はなぜ谷崎潤一郎の新々訳『源氏物語』を読んだのかというと、それはまた別の理由で、挿絵があったからなんですよ。カラー版の全集が出て、その挿絵が見たいから買っただけ。当時としては、結構高い本なんだけど、それを全部揃えて、絵を見ているだけというのはさすがになんだから、読まなければいけないかなと思って、自分を励まし励まし、ノルマで読んでというようなものでさ。

『窯変　源氏物語』はもともと翻訳なんかやる気はなくて、小説の小説化みたいなつもりで、『枕草子』の翻訳をやってたら、平安時代ってだいたいこういう時代なんだということが分かったから、「ああ、今なら源氏がやれるかもしれないな」と思ったんですよ。『源氏物語』は『風と共に去りぬ』みたいに「明日は明日の風が吹くのだ」という終わり方をするというゴールは分かっている。紫式部も小説家で、俺も小説家でしょ。じゃヨーイドンで、同じ作家として走ってみましょうかみたいなものだったんですね。走りはじめると、細かいところで分からないところがいくらでもあるんだけど、それは書いていくうちに合っちゃうのね。「合う」というのは、原作を無視して、「突っ走っちゃえ」と思ってやっても、それに合致する文章と結局は出会うわけ。ああ、やっぱし小説家ってそういうものなんだと。

――その際、『枕草子』とか『源氏物語』の評論なんかは読まれるんですか。

橋本　一つも読んでいない。『窯変 源氏物語』を書くために本屋に行って、「ああ、これ、分からない」と思って買ったのは、『漢詩入門はじめのはじめ』（東京美術）って本だけ（笑）。途中でどうしても漢詩を一つ作らなければいけない必要が生まれちゃって、「どっかに平仄《ひょうそく》の表がないかな」と思って買いに行った。それ以外で見たのは備え付けの百科事典だけです。

『枕草子』をやるときに買ったのも、「袿《うちぎ》」がどうした、「衵《あこめ》」ってなんだというのがあって、それで『王朝服飾事典』とか買った。あと『かさね色目』という色見本みたいな本があって、それは十万円ぐらいしたんだけど買ったね。

――人が何を言っているか、全く気にならないですか。

橋本　うん、全くならない。それは国文科の学生時代に、そういうのって面白くないし、自分の参考にはならないと分かっちゃったのよ。

『枕草子』を訳すときに、「何にも知らないのにできるのかな」と思って、その不安が最初にあったけど、やってしまうと「ああ、できるもんだ」という自信がついてしまった。「できるものなんだな」さえあれば、社会的評価とか要らないもの。

三十代で『枕草子』をやる前から、「俺には社会的評価ってないな」は分かってたし、実際になんにもないけど、やることやると、自信だけは残るね。何よりもそれが重要だと思うから、社会的評価は要らないですね。

俺のなかでは、絵でいうと、タブローのつもりで描いた前作を、次にやるとき、デッサンとして生かし直す、というか、変えちゃうんですよ。同じことを続けるのはしんどくて、『桃尻語訳　枕草子』の上中下があんなに時間がかかったのは、同じことをやるのはいやだなと思ったという、それだけの理由なんだな、きっと（笑）。

――よく小説家は「どうして小説家になったんですか」と聞かれると、必ず、「いや、先行する作品を読んだから」と答えるみたいですけれども、橋本さんの場合は違うようですね。

橋本　逆にいうと、好きな作家がいて、その人のものを読みこんでしまうと、その影響から抜け出すのが大変ですよ。それでいくと、いちばん好きな作家で、いちばん影響を受けたのは、久生十蘭《ひさおじゅうらん》ですね。困ったことに、気取ってなにか書こうとすると久生十蘭の文体になっちゃう時期があったのよ。しかも久生十蘭の気取り方に憧れて大好きになったというところがあるから、うっかりするとそれになっちゃう。

　真似したら二流の久生十蘭にしかならないし、自分の個性とも違うし、「これは困った」というのがあったから、久生十蘭の影響を消すのに、三年か四年か、もっとかかっているかもしれない。だから、八〇年代に小説を書かないでいたのは、久生十蘭の影響を消そうとしていたということが、すごく大きいと思う。

――久生十蘭以外はいかがですか。

橋本　いわゆる文学作品って、全く読んでないんですよ。一応、日本の近代文学全集にカウントされる作家で読んでいるのって、谷崎潤一郎と三島由紀夫ぐらい。

　俺の読み方というのは、個人全集を買って、全部読むんですよ。何年か前に芥川龍之介のアンソロジーを作るので、芥川龍之介全集を買ったことはあって、ただ、大学生のときに買った谷崎潤一郎全集から芥川龍之介全集まで、二十年近くのブランクがありますけどね。

　二十代の頃に自分が本を読むのは、「これは絵になるかな」という、挿絵を描く立場で見ていたから、普通の人とたぶん読み方が全然違うんだと思う。絵になりようのないものってしんどくて、小説を書くときも、結局なにを気にしているのかというと、「これって絵が見えてくるかな」って、そのことだけなんだよね、実は。でも恐ろしいことに、ビジュアルの仕事をしている人しか、そういう見方はしないみたいですよ。

『生きる歓び』という短篇集を書いたあとで、あれは「短篇で小津安二郎みたいなことをやりたい」というのがあったんだけど、そうしたらカメラマンの友達から電話がかかってきて、「すごくよかった、小津だと思った」と言うのね。俺はそんなこと一言も言ってないわけ。「本当にそう思った?」と確認したら「うん」って言うから、「ああ、よかった」という……それでビジュアルの人のものの見方って違うのかなと。

ずっと昔、一緒に仕事をしていたデザイナーの人が、『桃尻娘』を読んだときに、女の人なんだけど、「橋本さんのって不思議なんだけど、絵が見えるんですよね」と言って、「エッ、そうなんだ」と思った。ずーっとあとで「明星」のグラビアの撮影をしてたときに、その写真を撮っていたカメラマンからも同じことを言われて、「俺、そのことしか気にしてなかったのに、なんでそういうことをもっと早く言ってくれないの」って(笑)。

「見る」と「聞く」なしには「読む」はない

——橋本さんの中では、本を「読む」のと絵を「見る」のは、同じものですか。

橋本 同じ、同じ。俺はさ、ビジュアルを読むことと、文章を読むことは、「読む」ことにおいて違いはないと思ってる。それで、「読む」ということの幅さえも拡げちゃったというのはありますね。

なんていうのかなあ、例えば子供の頃に町を歩いているとさ、看板とかいっぱいあるじゃないですか。自分で勝手な漢字の読み方をしていて、分からないとさ、一緒にいる親とか叔母とかに、「あれ、なんて読むの」って聞くわけですよ。ああ、そうなんだって分かると、なんかすごく嬉しいわけ。

でも、読めても分からないものがあって、昔、質屋の看板がやたらあったのよ。○○質店とか、××質屋とかあって、「これはシッテンなのかな」とか思うんだけど、たとえ読めても質屋がどういうものか知らないから、分からないわけ。読めることと、読めたことによって「分かった」が喚起されるというのは別なんですよ。「読める」ということが「分かる」ということを実現させる——それが、「読むという行為」ですよ。俺の場合は、文章も絵に一ぺんぶっこわして解体しないと読めないところはあるんだろうね。

――普通は逆で、絵を言葉に置き換えますが……。

橋本　だから論文の類はまず読めない。分からないんだもの、本当に。

文章と絵ということで言えばさ、三島由紀夫は絵画的なところもある。絵画的といってもいろいろだけど、三島由紀夫がすごいのは、情景描写なのね。『午後の曳航《えいこう》』（新潮文庫ほか）なんて近代の写生画の中で、いちばん美しい写生画だって言いたいぐらいに文章がすごいんですよ。

普通、情景描写がきれいというと、情景が浮かぶところがあるんだけれども、三島由紀夫の『午後の曳航』の描写がほかと違っているのは、デッサンの跡が緻密に書いてあって、それに薄く絵の具を塗った水彩画のようなものなんですよ。つまり字が見えていて、そこに風景があるというようなもの。行間で絵を見せるのではないのね。文章が全部、絵の骨格になっていくぐらいで、正確極まりなくて、その正確さが美しいんですよ。

あれだけの風景画を描いている人って、画家でもそんなにいないでしょう。ちゃんとした写実の絵には、その画家の個性というものがあって、生き方も反映している。高橋由一《ゆいち》がなんで鮭を描いて、その鮭になんの意味があるのかというのと同じぐらいの深さが、『午後の曳航』の描写の中にはあるんですよ。

谷崎潤一郎はやっぱし天才で、あんなにありとあらゆる数の文体を持っている人っていなくて、谷崎潤一郎にとって、文体は絵の具の色なんですよ。『春琴抄《しゅんきんしょう》』（新潮文庫ほか）を初めて手にして一ページ目を開けたら「なに、この漢字と片仮名しかないのは」って。耽美《たんび》の話だと思っていたのに、予審調書みたいな文章でショックだった。どういうアプローチをすればどういう小説になるかを全部分かった上で、「こういう文体で書こうか」と考える人だよね。そういう意味では谷崎潤一郎ははじめから文章家だと思うのね。

じゃあ文章って何なのかというと、文章って歌なんですよ、僕にとっては。だから速読術ってあるじゃないですか。あれ、できないんですよ。いま流行りの曲百曲をどういう曲か知りたいからスピードを速めて聴くといったって無理じゃないですか。スピードを速めたら聴いたことにはならないんだから。速読というのは、僕にとってはそういうことなんですね。

だから作家が書いた文章の中から、作家の声を聴く。これは歌を聴くのと同じことなんですよ。文章の中から、書き手の声が聴こえてこない限り分かったことにならないというのは、経験的事実ですね。だから、その声がどれだけホントで、聴くに価するかがジャッジの対象になる。

言ってることが聴こえるとなると、先へ先へと進んじゃうんですよ。自分が文章の先に立って、「こうかいな」みたいにあらかじめ想像していて、しかも文章がその通りに補足してくれたり翻弄してくれたりする。コンサートの会場で一体化するみたいな感じになるの。そうならない限り「読む」にならないと思う。

——その感じは、どういうふうにやってくるんですか。

橋本　試行錯誤を繰り返して、なんとなくもがいているうちに突然ハッと分かったみたいになるというのが「分かる」ですよ。「奇跡の人」のヘレン・ケラーが水の言葉の意味を知った瞬間みたいにね。ああいうことって、なんとなく起こるのね。だから生理的感覚に近いの。そうなるまでは、ぼーっとしていて分からないんですよ。

——文章は絵であり、音楽であり……。

橋本　だって、文章を書くときは、音楽を作っているときと同じよ。論理的であるかどうかよりも、文章として流れているかどうかを気にしている。逆に言えばさ、論理的に破綻してたら、文章は流れないですよ。そういうふうにしか、自分の文章も点検しない。「論理的には合ってるかもしれないが、この文章はなんか流れてないから絶対に何か間違いがある」と思うのね。そうすると、一行で片づいちゃっているところに、実は原稿用紙半枚分とか一枚分ぐらいのものが隠されていて、それがまだ書かれていなかった、とか。そういう意味で、書いている途中の書き直しはしょっちゅうですね。

――橋本さんの文章は、文はリフレインとなって押し寄せてきますね。

橋本　音楽でもリフレインが好きなの。サビだね（笑）。でも、そういうことが嫌いな人は、すごく多いらしい。ある人たちは、そういうことをすごくいやがる。本というのが「命令されるもの」になったら、「命令」される量は少ないほうがいいでしょう。だから、繰り返しというのは「前にあったことだから要らない」になってしまう。

対談とかインタビューとかやって、話の骨子みたいなふうにするじゃないですか。ときどき話し言葉の口調だけ入れたりして……俺、あれがいやなんですよ。まあ骨子だけでいい人もいるんだから、最近は何も言わないけれどね。自分は過剰なものを持っているんだから、まぁそれはそれでしょうがないかと思いますけど。

――音楽もあって絵もあって、橋本さんにとって文章というのは歌舞伎みたいなものですか。

橋本　浄瑠璃の文章が自分のいちばん好きな文章かもしれない、というところはあります。論理が心理の中に紛れ込んで、見えなくなって歌になるというのが、たぶん俺にとっていちばん好きな文章かもしれない。

だから説明するというのは好きじゃないんですよ。でもやっぱり説明しないといけないなというのがあるから、いやがらずに説明しましょう、みたいなことをわりとやるんだけど、どこかで疲れて、面倒くさくなってしまう。原稿が進まないなと思っていると、あ、ここで何行分か説明しなくちゃいけないないなとか。

テクニック、テクニックってみんな言うんだけど、小説って肝心な一行があって、何行か先に肝心な一行があって、この間を適当な何行かで埋めなければいけない――埋められればいい。その何行かの量の判断ができる能力があって、なおかつ、その肝心な一行と肝心な一行の間を埋めていって、適当な行を埋め終わったときに、どこが肝心な一行か分からなくなるようにするという能力なんですよ。

だから、そういう意味で音楽と同じなんですよ。サビは肝心だけど、サビの部分だけが目立っちゃって、そこに行く前が何でもなかったらだめとかさ。サビを生かすためのメリハリを計算しなかったら音にならないだろうから、というところがあって、俺はそういう意味で音楽だと思っていますよ。

――昔、江戸時代なんかは、文章は絵と一緒でしたね。

橋本　平安時代からそうだよ。雑誌の連載のとき絵があるじゃないですか。単行本にするときに、その絵をはずすのが当たり前だと思っている編集者って、いっぱいいたんですよね。「なぜ」って俺は思うんだけど。絵、見てないんだよね。挿絵は付け足しだから。なんかあればいいい、みたいなもんで。「字しか見ていないんだ」というのがすごくショックだったの。

そういう人たちが、これからはビジュアルの時代なので、絵や写真を入れましょうになったときに、どの程度分かるのかという問題もある。しかも、ビジュアルを判断する能力のない人たちが上にいて、その人たちが「ビジュアルを判断する能力のある人間も会社に入れなくちゃ」と言って、そういう人間ばかりが入ってくるんだけど、じゃその人たちは今度は文章を読む能力があるかという問題も出てくるしね。文章を読むのも、ビジュアルを見るのも、実は同じ立場に立つということが、なんか抜けてるの。それにあんまり気がついてないけど、実はいちばんの問題のような気がする。

――黙読が始まったのが百年ぐらい前ですね。

橋本　俺さ、『源氏物語』を書いていたとき、自分の気に入った箇所を声に出して、自分の原稿を読んでいたもの。さすが異常だなあとか思うんだけど、なんかやりたくて、五回ぐらいやらないと気がすまなかった（笑）。
　絵が見えるような文章ばかりにこだわっていると、声に出したときにどうなるかってい
うのがおろそかになるかもしれないな、というのがあったから、「これ、声に出して読み
たい」とか、自分で勝手に言ってて……。
　言葉というのは歌なんだから、歌えない人が歌ってもしょうがないでしょ。ＣＤ買って、
歌詞カードだけ見て歌を聴かないというのは変だろうっていうのがあるからね。同じ歌で
も、歌い手によってこんなにいい歌になるのかということですよ。

橋本流、本の買い方、読み方

――先ほど「分かる」までにぼーっとしている時間があるとおっしゃいましたが、橋本さ
んは連載も何本も抱えられて、同時進行的にそれぞれの世界があって、いつぼーっとされ
ているんですか。
橋本　私は仕事しているときはぼーっとしてないですもの（笑）。「連載いくつも」という
のはけっこうコツなんですよね。三十代の真ん中へんぐらいは、本を一冊書いたら、三カ
月ぐらいぼーっとしているんですよ。なぜぼーっとしているのかというと、全部吐き出し

ちゃったというのもあるけれど、「どうせ誰もほめてくれないしな」というのもあってね。でも、それをいつまで言っていてもしょうがなくて、「やったことはすぐ忘れてすぐ取りかかることをしない限り、どうにもならないな」と思って、なんとかしてその時間を縮められないかと、その試行錯誤をやってたんですよ。

『枕草子』の上巻が終わったあとはすごかったの。終わって三日後にはまた別の仕事をやって、それが終わったらまた別の仕事をやって、無理にでもやって、そうしたことがある程度できるようになったら、その幅をどんどん詰めていくわけですよ。

一つの仕事が終わって、また次に飛んで書かなければいけないというときにね、あらかじめなにを書くんだっけと、だいたい頭でシミュレートするんです。「次の仕事」にかかる前、「次の次の仕事」のアウトラインを頭に入れておく。で、「こういうことを書けばいいんだ」と思っておくと、別の原稿を書いている隙間に、「次のこと」も考えられちゃうんですね。なんか慌《あわ》ただしいけど、ちょこちょこ飛んでいける。

プロって自分の必然性だけじゃなくて、いろんなものができなきゃいけないって、イラストレーターをやっていた時分からそういう基準で生きていて、「それはできません」と言うのは恥ずかしいものになっているのね。「できることの幅を拡げておかなければいけないな」と思っていて、そのためには、「これをやっといて、こういうふうにやると、この次もだいたいできるようになる」というのが分かって、だいたいそのステップ通りでやるんですよ。

俺は本を一冊も出さなかった年って、一度もないですけど、とくに仕事の密度は一九八四年ぐらいから異様に濃いんですよ。だから本当にね、読んでる暇ないのよ。字を読むことさえいやなの。疲れるんだもの。老眼になって、老眼鏡かけないと疲れて、私は乱視が半分右に入っているんですよね。疲れるとその乱視が出て、字がブレて見えるというのがあって……ああ、疲れているんだから字を読まなくていいやという……。それが分かるのが「老いの功徳」というやつで（笑）。

――すると、もう本屋に足を運ぶということはないですか。

橋本　いや、実は、こういう自分ではちょっと困るから、本屋に定期的に行こうというので、二年ぐらい前からそういうことをしたんですよ。それは何かというと、「週刊 スター・ウォーズ」が毎週出るから、それを毎週買いに行ってたわけ。それだって、写真が載っているから見ているのであって、読んでるわけじゃないんですけどね。

それで本屋へ行って、「周りを見渡す」ことができるかなと思ったんだけど、結局「周りを見渡しても同じだから」と思って、全く見渡さない自分に気がついてしまった。

まとまった本を買うときって、古本屋か、神田の三省堂とか、だいたい決まっているんですよ。これだけ本屋が大きくなっちゃって、本のジャンル分けもぐちゃぐちゃになっちゃうと、知らない本屋だとどこで何を売っているか、分からないじゃないですか。自分の必要な本って決まっているから、あそこに行けばだいたいあると分かっているので、それでおしまいですね。

調べもののために本屋に行くときは、似たような本が何冊かある本屋の棚の前で、にらめっこだね。自分のプライドとしては、「こんなバカげた本を買った自分」になるのがいやなの。間違ったものを手に取るのは恥だと思うんで、「どれを取ろうか」の戦いですよ。それを決めるのは、書き手の実感なのか、知性なのか、アプローチの仕方なのか、分からないけど。「変なものを買ったら負け」という、なんか勝ち負け感みたいなものがあるもんね。

そうやって買った本でも、何年か放っておくと、本棚見ただけで、ああ、この本はもう読まなくていいなって分かっちゃう本ってありますね（笑）。もうこんな本は要らないなと思ったら、だいたい昔は捨てていたけど、最近はあまり買わないから、捨てるもヘッタクレもないし、相変わらず、「これ、読まなければいけないかもしれないな」で、ずーっと置きっぱなしの本もあるけどね。

——ちなみに本は、どういう姿勢で読まれるのですか。

橋本　いまは寝ころんでますよ。平家の本を読むときというのは、とりあえずメモしなくちゃいけないから寝ころがれないけど、それ以外のときは寝ころがっています。でも、本はほとんど読まないけど。『「三島由紀夫」とはなにものだったのか』を書くために読んでいたときは、雑巾を縫いながら読んでた。何千ページか読んだけど、その間に雑巾を五枚縫いましたよ（笑）。

——雑巾ですか……。

橋本　着古したTシャツは全部、雑巾に仕立て直すんです。その作業が溜まっていて、あ、いい機会だからと思って。二十代から三十代の初めぐらいまで、本を読むときの基本スタイルというのは、まず編み物の図面を目の前に置いて、そこに本を置いて、本を読みながらセーターを編んでいた。本だけ読むということはほとんどしてないんです。

いちばん初めにそれをやったのは卒論のときで、専門書を何冊か読まなければいけないんですよ。それは自動車の運転免許のテキストみたいに箇条書きになっていて、こんなもん、俺はとてもじゃないけど読めない、「なんかしながらじゃなくちゃ」と思って、セーターを編みながら読んでたの。でも、いま「新潮」に連載している「小林秀雄の恵み」はさすがにそれができない。寝ころがって小林秀雄に集中するしかない。

「身だしなみの教養」ではなく「自分なりの教養」を

——本から「命令」を拾い集めない読み方が大切だと言われていますね。普通、すぐに「命令」を読み取ってしまいます。

橋本　みんな本から「命令」を拾っちゃうけど、俺は拾えないんですよ。だって極力、命令したくないもの。自分がそうなのは、命令されることがいやだから。これは「読むこと」でいちばん大きい要素。

「命令」のない読書ということで言えば、漫画と雑誌は読んでいた。でも、昔は漫画と雑誌は、読んでも読書としてはカウントされなかったから、それを除いてしまうと、俺は本を読んでないことになっちゃうわけ（笑）。小学校で図書の時間だと、図書館に漫画はないし、何を読んでいいか分からないし、読みたいものもないから、図書の時間に読んでいたのは工作の本とか、ペン皿の作り方とか、そういうもの。材料が手元にあるわけじゃないから作れるわけじゃないんだけど、本を読むという行為ができないわけだから。だから、少年少女の名作集とかを読んでいる勉強熱心な子をみても、自分は育ちが違うから、ああはならないと思ってた。

学校が終わってから読んでた本って、カバヤの児童文庫なんですよね。昔、カバヤというお菓子のメーカーが、お菓子の中にクーポン券を入れていて、それを何点か集めると本を一冊くれるというのをやっていたんですよ。うちはお菓子屋だから、その景品の本があったの。普通の人は本を棚に並べて、お菓子は缶に入れるんだけど、うちは逆で、お菓子は棚に並べて、本は缶に入れていた家なんですよ（笑）。

——よく東大に入学されたという素朴な疑問が生じてくるんですけど。

橋本　だって、「東大へ入る人」と「読書」って関係ある？　だって大学の試験と教養って関係ないじゃない。俺さあ、文学部の試験で数学百点だったんだよね（笑）。それだけは自信を持って全部分かった。数学は、できたか、できないか、はっきり分かるから。だから国語の試験なんか、いちばん自信がなかったですよ。それに英単語を覚えるとか、歴史の年号を覚えるというのを、全くしなかった人なんですね。年号って、できなくてもせいぜい二点か三点じゃないですか。それで、「○○はどういうことなのか述べなさい」みたいな問いが点数として配分が高いでしょう。そういうのは書けるんですよ。歴史というのは流れだと思っていて、それが分からないと、俺はなんにも分からないわけだから。

かえって困ったのは東大に入ってからで、大学に入るまでは、一人で本を読んでいる時間があったら、友達と遊んでいるほうがいいとかいう主義でもあったりして、本を読まずに来たでしょ。高校時代に読んだ本って、五味川純平の『人間の條件』（岩波現代文庫）は全部読んだけど、そのほかに読んだのって、イアン・フレミングの『ゴールドフィンガー』（早川書房）とか、『サンダーボール作戦』（早川書房）とかだから（笑）。「本読んでいる子」というふうにしておくと、ちょっと頭よさげに見えるから、そういう演出をしておいて、実はなんにも読まないですましてしまう、というのが俺にとっては一番の理想だから（笑）。高校時代はそれで間に合わせたんだけれども、大学へ入ったらそういうわけにもいかなくて、本を読まないといけないなと思いはじめたんですよ。

それまで本を読むということを基本的にしてこなかったから、しんどくて、しんどくて。短篇小説を一つ読んだだけで、「今日は、これを読んだ」って日記に書いていたもの（笑）。

――書くことにおいて、「教養」は料理の材料とおっしゃっています。その「教養」は「読む」がないと身につかないと思いますが、そのあたりはいかがですか。

橋本　これを読めば「教養」が全部つきますという本を読んでもしょうがないって、そう俺は思うのね。つまり教養には、「ないと恥ずかしいから、身だしなみとしてマスターしましょう」という形のものもあるわけですよ。でも俺は、その「身だしなみとしての教養」に関しては拒絶したの。

世間の教養とは別の「自分なりの教養」という考えが、どこから根付いたかなとかって考えたんですけど、たぶん映画雑誌かなとかって思って。小学校の頃から十代ぐらいの頃というのは、さっき言ったけど、漫画はやたらと読んでいたし、大人のエロ雑誌も隠れて読んでいた。むずかしい漢字はきっとそこで覚えた（笑）。宮武外骨《みやたけがいこつ》の名も、子供の頃に読んでいたエロ週刊誌の隅っこの広告にあったなとか、『金瓶梅《きんぺいばい》』もそこで覚えたなとか、たぶん山田風太郎という活字にめぐり合ったのもそこじゃないか、というのがあるんだけれどさ。

小学生のときから新聞の映画評を読んでいたという変わった子で、日本映画がどんなものをやっているかは、観てもいないのに知ってたんですよ。それで中三ぐらいの頃に映画好きの友達がいた影響で、洋画雑誌を読みはじめたんですよ。俺はそもそも外国人の顔がみんな同じに見えるし、字幕が面倒くさいほうだったんだけど、西部劇ブームとかがあって、観ているうちに面白くなった。そうすると自分はなんにも知らないから、「じゃ知りたいな」と思って、洋画雑誌とかを読んでたの。へーっとか思って、隅から隅まで全部読んだの、ほんとに。

　そうすると雑な知識の断片から、「これを知らないと映画の教養として恥ずかしいよ」という「全体」がほの見えてきて。反対にいちばん偉い映画評論家とかの言っていることが俺は嫌いでさ。


――例えば誰ですか。


橋本　津村秀夫とかってていやな親父が生きてたんですよ。エラソーでいやだった。洋画雑誌は自分で買ってたんだけれど、日本映画については、高校の図書館に「キネマ旬報」があって、休み時間にそこに行って、南部圭之助のステージ評とか、そんな渋いものを読んでた。それがいちばん面白くて説得力があったの。

　それで、この人はなぜこういうことを知っているんだろうと、南部圭之助という人の中に「教養」を見たんですよ。だから、「教養というものはどこにでもあるんだ」と思って、体系立った映画の観方をするようになったんですね。

　例えば、ビートルズが出てきた頃って高校一年なんですけど、出てきた瞬間に、「俺、こういう子供の音楽はもういいや」って思っちゃった、困った子なんですよ（笑）。スタンダード・ジャズとかミュージカルとか、そっちのほうのレコードばかり買うようになって、それでただの有名なポップスのナンバーだと思ったら、実はミュージカルのナンバーで、それを別の人がジャズにアレンジしてみたいなことがいっぱいある。それで「ああ、やっぱし流れってあるんだなぁ」と思った。ジャズのスタンダードのボーカルのレコードばかり聴いていたら、突然バーブラ・ストライサンドが入ってきて、すごかった。おお、なんかすごいものがいるというので、「すごいものって何だ」と。今度はそういうアプローチの仕方をしちゃったんですよ。

そうすると、都はるみなんて、当時はミーチャン・ハーチャンの聴くものだったんだけど、うっかり聴くとすごいわけ。人が何と言おうと、「うっかり聴いてすごいもの」はすごいなというのがあって、この語り方とか歌い方の重量感ってなにかに似ていると思ったら、義太夫のそれにそっくりだった。ことに森進一は義太夫なんだなあというのがあって。そんなふうにやっていくと、教養みたいな枠組みというか、体系があったほうが楽だっていうところに行っちゃうんですよ。

——つまり、自分なりに体系立てることが、教養であると。

橋本　日本で「教養」というと、「これが教養です」という一本しか柱がないけど、教養という柱は十本も二十本もあっていいじゃないかと思うわけです。だからめちゃくちゃなんだけど、俺は体系立っているんですよ。教養っていうのは、その中に「いいもの」を隠している柱だって思うけどね。

さっきも言ったけど、「すごく本を読むのが好きな子」のように自分を作っていたから、読んでもいないんだけど、図書館の本をいつも何冊も持っていった子だったわけ。中学一年のときに図書委員になってからはなおさらで、しかも、図書の先生からは好かれていたんですね。すると先生から「これ、いいから読みなさい」とか言われて、「困ったなぁ」になるわけです。勧められたのは某児童文学の偉い先生のもので、読んでも「何これ」っていうものだったんだけど、先生はいい本だと言っている。むずかしいとかなんとかじゃなくて、そこで描かれている世界観があんまり好きじゃなくて。本を返しに行ったときに、先生にどうだったと聞かれて、「面白くて、よかったです」と嘘を言ってしまった。それはいまでもトラウマみたいに引きずっているんですよ。俺はそういうふうに、「押しつけて嘘をつかされる」ってことが死ぬほど嫌いで、その点だけはしつこいんだ。

近代の文章って、所詮は「一つの時代の文章じゃん」とか思っちゃう。国語の時間の作文というのが全くできなかった子だから、「美しい日本語」とか、駄目なんですよ。「美しい日本語」なんてものはなくて、「日本語の美しさ」はあるのかもしれないけれど。

だから、『古今和歌集』とか『新古今和歌集』の歌のほうが、ずっと深いもんなあみたいなことを平気で思ってしまう。でも、『古今集』とか『新古今和歌集』って、通して読んだことってないんですね。できないの、そんなこと。一首一首の内容が濃いから、全部読み通せないんですよ。途中で挫折するけど、「読み通す必要もないな」と思う。俺は学者じゃないんだし。

本ってそういうものであっていいじゃないか、という気がどこかでしますけど。やたら長いものを書くこの人は、やたら長いものを読む人でもあるんだけど、その一方、やたら短いものでも満足してるところもあるのでね、私の場合（笑）。

自分の「実感」を手放さない

――橋本さんはいつもご自身の「実感」を手放さずに書かれていますね。簡単なようでむずかしいことのように思います。

橋本　自分であることの実感からしか入れないものなあ。だって「分かる」ということ自体、それが基本だしなあ、というのがあるからね。そこからはずれられないよ。

たとえ小説で「俺、こんな人のこと全然知らないなあ」といった主人公を設定して書いていても、書き終わって三日ぐらいすると、自分となにかで重なっているなと思いますよ。『桃尻娘』のときがそうだったけどね。ともかく小説ってそれまで書いたことなくて、それでとりあえず書かなければいけない状況になって、でも、うっかり「自分」が出るとみっともないからいやだなぁと。小説は構築する作業だと思っていたから、自分とはいちばん関係なくて、商品価値のあるものは何だろうと考えて、「それは女子高校生だ」でやっていくうちに、それでも主人公と自分の間の共感みたいなものが、どこかで生まれちゃうんですよ。

もろに出すのがいやだからそういうのを選んだんだけど、その人のリアリティというのを書いていくと、自分のリアリティと、どこかで重なるんですね。そうすると結局、俺の話じゃないんだけど、俺の話であってもいいかなみたいなね。

だから、デビューした頃の俺の文体がぐちゃぐちゃだったのは、『桃尻娘』の登場人物に影響されていたというだけなんですよね、実は。

——すると「実感」というのは、例えば取材から得ることもあるんでしょうか。

橋本　「実感」は、ひたすら自分の中で転がすだけで、小説とかで取材するといっても、人に会って話を聞くっていうことは全くしないんですね。場所を見に行くだけ。主人公とか、出てくる人間は全部自分で分かってなくちゃいけないんだけど、その人たちが生きている場所が具体的な場所だったりすると、その場所を反映してないと嘘になるので、自分で確認したいから行くというのはありますよ。ただ、行かないで書きはじめて、終わったあとに行って、「ああ、合ってたからよかった」ってこともある（笑）。昔、山崎豊子さんがそういうことを言っているのを江藤淳は呆れていたけど、こっちは呆れている江藤淳に驚いた（笑）。

いま、行こうと思えばだいたいどこでも行けるじゃないですか。昔は行くということに関してはすごく制限があったけれども、その制限のあった時代に書かれたもののほうが、なんでか緻密だったりするという事実も、一つあったりするんですよね。現物は見てないんだけれど、類推するという能力を高めることによって、現物よりもはるかにリアルでありうるということもあるから、「見る」「見ない」というのも一つの選択なんですよ。俺は写生したくないから、見たものを忘れて、抽象化できるように具体性を消しますね。

本を書くためには、本を読むことなんかよりも、自分の中にどれくらいイメージのストックがあるかということのほうが重要で、『源氏物語』を書いていたときに、俺は見たこともない一〇〇〇年前の風景を、なんでこんなに確信を持って明確にリアルに見ているんだろうと思って、ふと気がついたら、ああ、これは俺が小学校の頃に雨が降ったとき、コスモスの葉っぱの上にクモが巣を張っているのを見てたシーンだなと思った。それがこうやって展開されているんだなあとかね。どこから何が出てくるか分からない。それこそプルーストの、マドレーヌをお茶に浸したらいろんな記憶がよみがえってきて、というのと同じで、あれはそんなに珍しいことじゃないですよ。逆にそういうものがいくらでも出てくるぐらいの仕込みをしておかないと、書くのはちょっと大変なんじゃないのかなと思いますけどね。

――取材というよりは、日常的に何かを観察してると。

橋本　だから、何か見たら、見た瞬間に忘れるようにする。そうすると、記録じゃなくて、自分の中で一ぺん醗酵して、記憶に変わるじゃないですか。記憶ってどんなふうにでもなるから、物書きにとっては記録性よりも記憶性のほうが重要なんですよ。そういうふうに、なんか一ぺん濾過しちゃったほうが一般性は強くなるんじゃないかなぁとか思う。

だから写真を撮ることもないし、シャッターを押したことなんて、「すいません、押してください」って頼まれたとき以外、三十年ぐらいない（笑）。メモは『双調 平家物語』をやるようになって、もう何が何やら分からないから、自分で全部年表を作るしかないというんで、メモを構築して、それが自分のテキストになっているぐらいのものだから、それはあるけど、ほかはやってないですよ。

逆に、なにかメモを取っている時間に見逃してしまうことのほうが惜しい。百パーセント見ていることのほうが重要な気がするね。有名なものだったら、説明してくれる本やガイドはどこかにあったりするんですよ。そんなのを参考に見ながらああだこうだとやっているよりも、「一体これは何なんだ」というところから、予備知識を一切捨てて、現物と付き合う。そうしないと、なんにも見えないですよ。そうして得た、自分の記憶を元にして、「ああ、あれはこういうものなのか」と、もう一ぺんデータと付き合わせてやったほうが、僕にとっては正確度が高いんですね。

そのせいか、ときどき変なことが起きるんですよ。昔、渋谷の交差点で、向こうからおばあさんが来るのね。どこかで見たことがある。この人誰だろう、この人誰だろうと思って、どこかで見たことがある。擦れ違っても分からなくて、次の日かなんかに突然、道を歩いていてハタと、あれは寺山修司のお母さんだって気がついた。

現物は全然知らないんだけれど、寺山修司が自分の撮った写真集で、お母さんに黒いシミーズ着せて、娼婦のメーキャップさせて、という写真があって、それが頭に残ってたの。当人は割烹着を着て歩いているんだけど、顔の形は同じじゃない。しかもすごーく目に特徴のある人だから、誰だろう、この人、見たことがあるなあってやっていて、有名人じゃないことぐらいはその格好から分かるんだけど、誰だろうって。突然ぱっと気がついたという……。普通、街なかでそんなもの発見しないぞという人を平気で発見している。

いまや出版の生態系は壊れている

――二一世紀は出版社は産業として成立しないんだとおっしゃっています。だからベストセラーはもう出ないと。でも、『上司は思いつきでものを言う』はベストセラーになってしまいました。感想をお聞きしたいです。

橋本　要するに俺は産業という考え方があんまり好きじゃないんですよ。ことに出版は産業には不向きで、「目標ナントカ」って設定して、「頑張ろうナントカ計画」とかになっちゃったら、それはもうおしまいじゃなかろうか、と思う。

イラストレーターとして、レコードジャケットの仕事をしていた七〇年代に、レコード会社に出入りしていたんだけど、あるとき突然、「目標ナントカ」っていうのが出ちゃった。それで垂れ幕が会社の中にあったりして、「えーっ、ここの会社変わっちゃったのかな」って。でも、「出版社ってそうじゃないよなあ」と思っていたんだけど、どうもそれに近づいて、どこかでマスセールスが可能な方向にいってしまっている。

マスセールスを前提にしてしまうと、総崩れになるというのが、クリエイティブ関係の産業にはつきものですよ。日本の出版社が大きくなったのは、基本的に六〇年代の終わりから七〇年代にかけてだけど、その頃、一般的に「会社」というものが大きくなっていく感覚と、高度成長の流れとがプラスされて、いまだに大きくなり続けなければいけないという、なんかくだらない強迫観念をもっているところが多いんですね。

しかも出版社は、基本的に家内産業からスタートして、オーナー一族がいてという、古いところも持っている。そういうところが、もっと大きくならなければいけないという考え方を実践させてコケそうになったのがバブルの時代で、広告費が膨大に入ってきて、巨大になって、それで一応産業になりました、みたいに思っているけど、「それは邪道でしょう」って。どこかで強迫的なものがある業種は、いつか破綻しますよ。出版が壁にぶつかっているんだったら、その出版の中にあった強迫的なものが壁にぶつかっているわけで、それが元凶だとしか俺は思ってないですけどね。

――「一冊の本」に連載されている「行雲流水録」で、「売れるフォーマットがある」というマスセールスを意識されているかのようなこともお書きになっていますけれども。

橋本　フォーマットがあるというのは分かるんだけど、俺はそれができないんですよ。全部はずすから（笑）。あえてフォーマット通りやろうと思ったことは、ないわけじゃないんですよ。芸能人でさ、スキャンダルで騒がれている人間がいたりするじゃない。そいつのゴーストになって、話を書かせてくれないかなって思ったときもあったのよ。フォーマット通りに書いて、その芸能人を肯定して、読者に「ああ、そうなんだ」と思わせる。そういう訓練をちょっとしたいかなと思ったけど、結局やらなかったです。

　俺は世間のフォーマットをはずすということに関しては、天才的な能力を発揮するけど、世間のフォーマットに忠実にはできない人なんですね。だってそもそもその世間のフォーマットが嫌いなんだもの。

――『上司は思いつきでものを言う』は、橋本さんによるタイトルですね。

橋本　このタイトルを思いついたときには、本屋でタイトルを見ただけでハッとするはずだから、内容はどうでもいいという構え方ですね。むしろ中身はないほうがいいだろうと思って、はじめは第四章がなかったくらいだから。ところが、編集の方が、もうちょっと書いてよというから、しょうがなく一章立てて、「ああ、普通の本になっちゃったな」と。それでも、いまだに内容のない本のほうが売れるって、当人はどこかで思い込んでいるふしがある。

「教養」というものが作用していたときは、「これを読めないと恥ずかしいです」という脅しをかければ売れたわけですよ。だから、昔はなんであんなものがベストセラーになったんだろうという本がいくらでもあった。でも、そういう時代はもう終わってしまった。だからといって、会社を維持するために、分かんない人を相手にどんどん程度を下げていって、数を出すということをやっていっても仕方なかろうさ、というのはあるんだけど。今もまた逆の意味で、「なんでこんなもんが売れるんだろう?」ですけどね。だからといって、「教養」という変な強迫観念はもう通用しない。「まとも」の基準はどこらへんにあるのか、これが誰にも分からなくなっちゃっている。それで、こんなインタビューを受けているんだろうな(笑)。

――「まとも」の基準が分からなくなって、ジャッジ不在の状況ですね。書くほうも誰でも自費出版で本を出せたりしています。

橋本　ジャッジはないよ、今まで、ずーっと。俺がデビューしてわりとすぐの段階で、ああ、ないんだっていうことが分かった。『桃尻娘』のシリーズを三つ書いた段階で、編集部に行ったら、そこにいた編集者がそれぞれに、今度のがいちばんよかったとか、前のがよかったとかと言いはじめて、「人によって違うのか」という、すごく単純なことが分かった。人によって違う以上、「ジャッジというのは自分がやるしかない」と思ってしまった、ということです。

出版社の斜陽も、基本的にはジャッジの不在と同調しているんだけれども、じゃあ、ジャッジはどうしたらいいかといったら、読者がジャッジするしかないんですよ。ジャッジ能力のある読者じゃない限りどうにもならない。そこで読者の質が、実は密かに大きく問われているんだと思う。

昔だったら、ベストセラーが出ると、編集者はだいたいみんな読んでいるけれど、もうここ何年もの間、「実は読んでないんですよね」という編集者がいくらもいる。編集者の基準からすれば、読むに値するものでもないんだけど、一方で「売れている」という形で容認するみたいになっちゃって、そのギャップをどうやって埋めるのかな。読者のレベルが低いから出版のレベルも低いので済んでいるのか、それとも編集者が無意味に高いところにいすぎて、現状を理解しないのか。両方からの問題ではあると思いますけれどもね。

――読者のレベルが問われているということですか。

橋本　二行にわたって逆接の接続詞でつながっていると、複雑な論理というので解読できなくなる人がいるんだよね。「あ、そうか。二行に跨《また》がる論旨というのは、理解困難なんだ」という、そういう人たちが多いんだということに気がついたときも、結構ショックだったけど。だって、近代以前の人って、句読点のない文章を読んでいたわけだから、論旨は自分でつかまえるしかなかったんだよ。

そういう意味では、いまは民《たみ》を強化しなければいけない時代になったわけでしょう。でも、いまは民の需要に応えることに精一杯で、ほんとに応えているのかどうかも分からないというところになっちゃっている。無意味な「教養」から下りたのはいいけど、そこから「有意味な教養」に上がる方向が見えない。それが問題なんですよ。読むのはいいけど、読んだ後の自分をどうするんだという。

それから出版というか、本にとって問題なのは、「ドラマ」が終わったということね。ドラマというのは、そもそも「上昇」と「善悪」で成り立っているもので、「成長」と「勧善懲悪」でもいいんだけど、それがなくなると、ドラマは成立しないんですよ。人間がひとしなみに豊かになっちゃったら、その先の「上昇」は強迫観念みたいなもんでしょ。「もっと、もっと……」はいいけど、そんなに無意味に得ることばっかり考えててどうなるんだってところまできちゃった。得られないで貧しいまんまでいる人のところに、有効なドラマは行かないしね。

豊かになった人たちが、得体の知れない飢餓感あるいは惰性で、「自分に必要な物語」を求め続けているところもあるけど、「それは本当に必要なのか？」という問いもあるんだ。例えば、「自分は善だ」と思って、それが納得できなかったら、それを納得させるための「敵対する悪」を求めるじゃないですか。それがアクション映画を必要とする原点だけど、「なにが悪か」は、もう全世界的に曖昧だしね。なにかを無理矢理「悪」に仕立ててしまうと、そのドラマは嘘臭くなるでしょ。「私は善だ」と同じでさ。

人との関係が希薄になって、誰しもがある程度の達成を見てしまったら、もうドラマっていらないでしょ。そこに起こるドラマは「達成が崩れて不幸になる」だけなんだから。ドラマはいらなくて、成り立たなくて。でも、それを「まだ必要だ」と思うんだったら、「必要だ」と思う人の内面にメスが入るしかないんですね。「受け手が批判される」という状況になってしまっていて、でも、受け手のほうは「批判されぬまま自分に有効なドラマだけを享受したい」というところに立っている。それが実は「ドラマの潜在的需要」を成り立たせているわけだけれども、その矛盾を受け手が受け入れない限り、ドラマは再生しないと思うよ。

いままでのドラマは、「不幸」を前提にして成り立っていたもので、「ドラマはほしいが、自分の不幸を認めるのはいやだ、直視した不幸を克服するために動くのはいやだ」と思っている人のところに、まともなドラマはないんですよ。

本というものは、ドラマの中核を支えていたもので、「本は売れない」ばかりが言われているけどさ、それは、他のジャンル――映画や音楽やテレビのドラマにも及んでいて、つまりは、いままでのドラマそのものが成り立たなくなっているからなんですね。だから、一過性の見世物ばかりに人は集まる。見世物というのは「偶然性の高いドラマ」なんだから、「ちゃんとした見世物」を作り続けるのはドラマの本体を押さえ続けることでもあって、とてもむずかしいんだ。

だから、「誰もが共鳴しうるドラマ」というのはもうなくて、ある程度の人しか共鳴できない「小さなドラマ」が数多く存在するという状況にならざるをえないんだと思っているんですけどね。ベストセラーがない――なくてもいいと思う理由は、そこなんですけど。

第三章

「文学」が死滅しても「小説」があればいいじゃないか

聞き手・構成　小柳学

最大の謎は、「純文学とは何か」という問い

「文学とは何か」に関する混乱はもう四十年くらい続いていると思うけど、混乱の第一の原因は、当たり前のように「文学とは何か」と言い、「小説とは何か」と言うときの、その元の考え方にあるんですね。つまり、この「文学」や「小説」は、括弧にくくられるべき特殊なタームだということ。それをみんなが忘れてるんですよ。

「文学とは何か」と言うとき、これは「純文学と言われるものとは何か」とイコールなんです。一般に文学というのは、「純文学」と言われる小説だけではなくて、和歌や俳句や詩や戯曲まで含めた言語表現の総体ですね。「純文学」と言われる小説は文学の一ジャンルでしかないのに、「文学＝純文学＝小説」となって、「純文学に値する小説とはどんなものか」という考え方になるんですね。それがまどろっこしいから、「文学とは何か」と短縮されて、混乱を作り出す。

もう一つ、「小説とは何か」と言うとき、その「小説」とは、「純文学に対峙する読み物としての小説」ということです。「純文学に対峙する小説」が何かというと、今ではみんな忘れてしまったけれども、これは「大衆小説」のことです。問題は、大衆小説が進化しちゃったことですね。

大衆小説が進化して、ただ「小説」と言われるようなものになった。だから、小説は「純文学である小説」と、「純文学ではない小説」の二重の意味を持たされて、話を更にややこしくする。例えば、直木賞というのは直木三十五という大衆小説作家の名をとったものです。大衆小説系の賞ではあるけれど、「大衆小説の向上」ということを前提にして、これは「成熟した小説のための賞」という位置付けられ方もしている。だから、芥川賞は新人賞で、直木賞はある程度作品のレベルが達成されたもの、ということになっている。「この作家はもう新人じゃないから直木賞をあげよう」という選考のされ方はあるわけですよ。ある意味で、芥川賞なんかより直木賞のほうが作品のレベルは高いという逆転状態だって起こる。大衆小説由来の「小説」が進化して、その新人賞という入口では「純文学か否か」という線引きはあるが、その先ではもう区別なんかどうでもいいという曖昧さが現実化してしまっている。そういう状況なのに、純文学至上主義はどこかに残って、事態をややこしくさせている。

最大の謎は、純文学とは何かですよ。純文学とは何か……私はこの問題を考えたことがない。だって、私は純文学に属する人間じゃないから、考える必要がない。「純文学とは何か」を考えるのは、純文学をやっている人の、「自分のやっていることには意味がある」と弁明あるいは証明するための問いなんです。もう一つ、文学賞の審査員が、「これは文学ではない」と応募作を拒絶すると、応募者は「じゃあ文学って何だ」になる。こちらは、「純文学の参加資格」をめぐっての問いです。でも、私は純文学の作者じゃないし、志望もしたことないから、そういうことを考える必要がない。

「オール讀物」「小説現代」の文学的位置

もう一つ、「文芸誌と小説誌」という雑誌媒体の区分がある。純文学＝文芸誌です。私がこの間『蝶のゆくえ』でもらった柴田錬三郎賞というのは、いわゆる純文学の賞ではないです。ところが、「おめでとうございます」と花が届いたのは、全部、文芸誌からだった（笑）。

純文学と「小説誌の小説」がどう違うのかというと、文藝春秋の出している二つの雑誌を見れば分かる。文芸誌が「文學界」で、もう一方の小説誌は「オール讀物」。「文学」に対抗するのは、軽く読み流せる「読み物」なんですよ。

そういう置かれ方をしたときの「文学」とは、「人はいかに生くべきか」をまじめに考えるものなんですよ。そういうことが必要か不必要かといえば、これは必要なんです。だから、「文学」はあってもいいんです。でも、「人はいかに生くべきか」を、文芸誌の外の小説誌でやっちゃいけない理由はない。あまり歓迎されないかもしれないけど。というのは、「人生いかに生くべきか」を真剣に考えるだけでは、疲れてしまうから。それで、軽く気楽に読み流せるものというジャンルがもう一つ立ったということです。でも、それでもやっぱり、そこで「人生いかに生くべきか」があってもいい。「人生いかに生くべきか」を一生懸命考える人が、なぜアクションものを見るとスカッとしてしまうんだろう」というのは結構重要な問いで、だから「オール讀物」もあるんです。

昔の大衆小説のレベルはひどくて、読むに堪えないものがいくらでもあった。なぜ大衆小説は進化したかというと、映画の原作になったからだと思う。例えば、『鞍馬天狗』や『旗本退屈男』の映画を見てしまえば、小説は読めない――読まなくていい、という感じはいくらでもある。その状況は、今でも全然変わっていないのかもしれないけどね。

映画というのは視覚芸術だから、自然と表現が入っちゃうんですよ。作者が主人公の性格をきちんと分析もせず、描写しなくても、役者は「だったら、これはこういう顔かな」というふうに演じてくれるから、そのビジュアルな要素が加わることによって、映画が小説としての完成度を増すというのはあるんですね。それを踏まえて、「もっと突っ込んだ描写」や、精緻なディテールの必要が起こって、小説のレベルも高くなった。

山田風太郎は、『忍法帖』を書いていたころは大衆小説の作家だと思われていたじゃないですか。「大衆小説のヒーローで好きなのは誰ですか」と問われて、あの人はドストエフスキーとか読んでいたので、「あんまり読んでないんだよね」と困っていたことがあった。山田風太郎は、ジャンルが違うから大衆小説と見られていたけど、あり方としては完全に文学者だよね。私は、『忍法帖』の中の壮絶な戦い方を読んで、ここに人の生きる道が一つの可能性として提示されていると思ってたし（笑）。

「小説誌のなんたるか」に話を戻して、ほかの出版社で「オール讀物」に該当するものは、「講談倶楽部」です。大衆小説というのは講談の速記録から生まれたものだから、「読む講談」というようなものだった。『鞍馬天狗』は最初「新講談」と呼ばれていたんですよ。しかし、いまさら講談でもないだろうと、昭和三十年代真ん中を過ぎると「小説現代」と名前を変えてしまった。そのことによって大衆小説誌からちょっと進歩したんだと当事者達は思って、中間小説というカテゴリーが生まれ、中間小説誌になるわけですよ。

中間小説誌ができてしまうと、かつての大衆小説とか大衆作家みたいなのは没落しちゃう。しかしその中間小説誌も、それがもう何に対する中間かが分からなくなって、今ではみんな「小説誌」と言い、純文学誌というのは重々しすぎるから「文芸誌」となっているわけですよ。

「小説誌」というあり方は、かつて「純文学とは何か」という力によって規定されていた。つまり、「純文学でないものが〝小説誌の小説〟」だったわけですよ。今はどうなのかというと逆です。「売れそうな作品が載っているのが小説誌」であって、そこからはみ出た「売れないものは純文学」となりがちで、規定のされ方が逆転している。この逆転にどういう意味があるのか？「どっちがえらいか」が「どっちが売れそうか」に変わっただけですけどね。

私のことを言えば、「おれはまじめに人生を考える能力はないから純文学ではないな」と思って小説誌を選択したから、「小説誌の作家」なんですよ。

三島由紀夫はなぜ純文学を名乗ったか

文芸誌にあって小説誌にないものが二つあります。一つは芸術、もう一つは評論。

小説誌からデビューした私が評論のようなものを書くと、カテゴリーとしては雑文なんですよ。だから、「橋本治雑文集成」というシリーズがあるんです（『女性たちよ！』『若者たちよ！』『文学たちよ！』『映画たちよ！』『友たちよ！』『自分たちよ！』『その他たちよ！』）。そういう位置付けでいて、「雑」が評論の域に近づいても構わないし、「雑」のままでもいい。評論は「雑」を排除するが、「雑」は評論を含む——私はそう考えてんですけどね。「純文学は〝純文学じゃないもの〟を排除するが、小説というカテゴリーは純文学を含む」——そう考えりゃいいと思うんだけど。「雑」のままにしておくことによって、重要だと思えることが拾えるというやり方もある。だから私は、少女漫画の評論とか、存在しない評論のジャンルをつくっちゃうんですよ。活字離れと言われた時代に必要だったのは、実はそういう動きなんですね。「重要なことは純文学の中にしかない」というのは、へんだもの。戦後の小林秀雄が「文芸評論家」でありながら、「文芸＝純文学」じゃないものばかりを対象にしていたのは、そういうことだと思う。

私が最初に文芸評論のようなものを書いたのは、「新潮」が三島由紀夫の特集をやった増刊号です。そのとき依頼に来た編集者が、「百枚書いてくれませんか。あなたの書いたものは、特別読み物という扱いにしたい」と言った。私は純文学の人ではないから、そういう人がいきなり評論を書くことはあり得ないので「特別読み物」なんですよ。ここに「読み物」という言葉があるということの重要性をご理解いただきたい（笑）。

つまり、いきなり「評論」にすると、「こいつのどこが評論なんだよ」というクレームが来る可能性はあると。だから、「特別読み物にしておいて、あなたに対する風当たりが少ないようにしておきます」みたいな先方の計らいなんですよ。私は「ありがたいことで」と思って、素直に了承しましたけど、別にいやみでもなんでもなくて、私は「所属」ということが問題にされた時代にデビューして、「これはいつまで続くのかな？」と思ってる人間だから、「はい、分かりました」になるんですね。

その「特別読み物」の続きを書きつづけたら、ずっと「特別読み物」も変だというので「特別」ではない評論になったらしく、それ以来、私は文芸誌に「評論」を書いてますが（笑）。そういう不思議な経験をしてる人間は私くらいでしょう。

三島由紀夫が純文学とエンターテインメントというふうに自分の書く小説を二つに分けていたというのは、とても正解だったと思う。ただあの人の書いたものが本当にエンターテインメントだったのかという話もあるし、あの人が「これは純文学ではない」といって書いた作品のほうがより複雑な内容で面白い小説だという事実もあるわけです。

それは三島由紀夫だからこそ起こったことであって、問題は「自分の小説を二種類に分けた三島由紀夫は、純文学を何だと考えていたんだろうか」ということですよ。私は、三島由紀夫が純文学という言葉を自分自身に対して使っていることがすごく不思議だった。「別に純文学でなくてもいいじゃん、純文学って私小説でしょう」みたいに思ってたから。でも、あの人は「自分の本業は純文学だ」と思っていて、純文学とは何かということをすごく問題にした人なわけですよ。

三島由紀夫はまた不思議なことを書いていて、「私の書くものはあまり純文学とは思ってもらえない」というふうにも言っている。これは端的に言って、「私自身にとって切実な〝いかに生くべきか〟は、他人にとっての〝いかに生くべきか〟と重ならない――それが悲しい」ということですよ。いつごろ言っているかというと、昭和三〇年代の中ごろで、いってみれば同性愛物から手を引く時期であるわけです。

「この人生ならOKだが、そうでない人生は駄目。人生に値しない」という線引きが、三島の生きていた時代にはあったんだということが見えてくるじゃないですか。生くべきスタイルは決まっていて、それに合わないものは駄目という、すごく頑固な姿勢がある。そういう大きな歴史的な、今となっては消えかかりつつあるような大前提が三島の時代にはあった。

人生いかに生くべきかでもう一つの問題は、書き手にとっての人生なのか、読者にとっての人生なのかという問題です。つまり、「〝私はいかに生くべきか〟というのは最重要問題である」というのはアリだけれども、「作家の私がいかに生くべきかこそが文学の大問題なのである」というのはちょっと違いませんかということです。しかもそこに、「こういう人生なら文学としてOKだが、そうじゃない人生は文学としてNG」という、へんな線引きがからんでくる。その微妙なずれが、明確に処理されていない。

人生いかに生くべきかという問題が出てくるというのは多分、かつての日本、そして日本の影響下にあったアジア系の国だと思う。つまり、近代になって今までのものが全部チャラになって、新しくスタートしなきゃいけないという大命題を引き受けちゃったから、「じゃあどう生きていったらいいんだろう」という問題が浮上してくるんですね。近代文学という特殊な文学は、そこで生まれる。

近代文学という特殊な文学

近代になって、今までのものがチャラになり、「この先、どう生きていけばいいのか?」という問題が生まれる。しかもこれは、「考えたくない問題」ではなくて、考えたい人にとっては、「考えたい問題」だった。近代という時代は「新しく自由な時代」だとされていたから、それまでは「考えてはいけない」とされていたことが「考えてもいい」に変わる。世の中全体が「この先どのように具体的な設計図を描いていけばいいのか」という試行錯誤状態にある中で、自分の生き方を考えたい人間は、「どう生きていけばいいのか」の試行錯誤が許される――そのことに十分な意味はあると、了承される。誰が了承するのかと言えば、西洋渡来の「文学」という新しいカテゴリーが、それを了承している。だから、「自分はどう生きていけばいいのか?」と考えたい人間は、文学を志す。作家=文学者になった人間の「私はどう生きていけばいいのか?」という模索は、読者の中にある疑問とも重なる。そうして、「人生いかに生くべきか」は近代文学の命題となるわけだけれども、そこから微妙なずれは生まれる。つまり、主要命題がいつの間にか、「私は自分の人生をいかに生きていくか」に変わって、文学者の特権が生まれてしまうこと。そしていつの間にか、「どう生きていくのかはまだ不分明だが、その模索に関しては、だいたいこういう線で模索すべき」という、純文学の大枠が決まってしまうんですね。
　だから、「私だって〝人生いかに生くべきか〟を考えているのに、私の人生はあまり〝人生〟と思ってもらえない」という、三島由紀夫の嘆きは生まれる。これは一九五八年から一九五九年にかけて書かれた『裸体と衣裳』（新潮文庫）という文章の中にある嘆きで、正確には《大体私の作品には、人生いかに生くべきか、などという問題は扱われていないが、もしこの世に私と全く同じ条件の人間がいたら、私の書いたように書き、私の生きたように生きることは、おのずから、人生いかに生くべきかという命題の、ひとつの解答を語っていはしないかと思われる。》というもので、三島由紀夫は遠慮がちに嘆いているんだ。

　文学者でありながら、他の文学者とはちょっとずれたものを持っていると感じている三島由紀夫は、このように言うけれど、三島由紀夫ほど礼儀正しくなかったら、「なんで私の人生は人生としてカウントされないんだ！」と文句を言うでしょうね。「私だって、自分なりに自分の人生を問題にしている。それを〝文学じゃない〟と言われたら、私の人生はどうなるんだ？　人生が人生じゃなくなっちゃう」――こうした質の、「文学とはなんだ」問題もあったんですよ。

いままでの作家とは違う質の人間達が「作家」として登場してしまえば、当然こういう問題はクローズアップされてくる。既成の「文学」が強大で、その新しい作家を「文学ではない」として排除してしまえば、そのことによって「文学」は衰弱に向かうかもしれないけれど、当面は「これまで通りの文学」を維持していくことができる。でも、「新しい作家」の数があまりにも多くなりすぎたら、事情は変わってくる。「いままでみたいに、〝これは文学じゃない〟とは言えないよな」になって、「文学」は新しくなる。なるんだけれども、そこで一つ忘れられていることがある。それは、「私の人生だけを問題にしていればいいのか？」という問題ですね。

文学は自画自賛の袋小路から出られるか

それまでの「文学」は、Aというカテゴリーに属する人の「人生」だけを、「文学の題材となりうる人生」とカウントしてきた。「主流の文学者」は、だいたいAかA'にカウントされるけど、三島由紀夫は「A中のB」みたいな人で、そういうカウントがあるからこそ、「女流文学」という別扱いだってあるわけでしょ。そのカテゴリーを広げて、「Aもあり、Bもあり、Cもあり」にしたのはいいけれど、「書き手が自分の人生だけを問題にしている」という根本だけは変わらなくて、「書き手が他人の人生を問題にするとどうなるのか?」は曖昧になる。これはつまり、「作者の個性を問題にしていれば、作品の完成度はどうでもいいのか?」という問題でもあるんですね。だって、「他人の人生」だったら、「これは私の人生だからこれでいいんだ」という言い訳がきかない。「ちゃんと書けているかどうか」の、作品の完成度が問題になる。そして、「作家の（ある程度パターンの決まった）人生」だけを問題にしてきた近代文学は、こっちに関する判断力が弱いんだ。

判断する側の力が弱まってくると、もう一つ別の問題も生まれる。それは、「確かにここには作者の人生はあるかもしれないが、この作者は本当に〝自分はいかに生きるべきか〟を考えているのか」という問題。「人生いかに生きるべきか」を、自分を題材にして考えるのと、ただ「これが自分の人生だ」として投げ出すのとは、違うと思うんですけどね。それを判断するのが完成度のジャッジだと思うんだけど、いま「文学」に問題があるんだとしたら、それが欠落していることなんじゃないのかなと、私は思うんですけどね。

根本の問いが欠落しているということは、別に文学だけではなくて、日本の社会のあらゆるものに関して起こっていることでしょう。公務員になることは、国家のためにきちんと働くこと、自分が所属している日本国民のために働くことが本来の姿ではあるけれど、

「公務員は倒産しないから」という人が公務員になってしまえば、どんな事件だって起こるじゃないですか。

繰り返しますが、近代のスタートラインでは、「人生いかに生くべきか」という、今となっては正面切って言うのも恥ずかしいようなことがきちんと問題になっていたわけですよ。でも、「われわれはなんとなく生きていけるな」ということが明らかになった段階で、その問いは必要なくなってくるんですよ。

つまり、一つの時代が終わっちゃったのに、その終わりを自覚してないということです。終わっちゃったと言うとパニックが起こるから、言わないようにしようと思っているけど、私は小説家でデビューして、「自分はどういうところで、どのように仕事をしているのかが分からないな」と思った段階で、「おれにとってはすべてが終わってしまったと考えたほうがいいかもしれない」と思って、ゼロから始めちゃった。「そのこと自体がへんであっても構わない」と思って、一人で近代をやり直しているようなもんだから、「人はいかに生くべきか」みたいなことも、恥も外聞もなく言えちゃうんです。

文学にとって一つの時代は終わっている。終わっているんだけど、終わっているのを認めたら出版する側は経済的に大変なことになるから、「終わっていない」にして再生を目指しているけれど、これは小泉改革みたいなものだよね。

別に、「文学」が終わったって、「小説」が終わってなけりゃそれでいいじゃないかと、私なんかは思うけど、「文学であること」がほとんど唯一のような評価の基準になっていたから、「小説のよしあし」という単純なことが分からないのかもしれない。それはまた、「人生が分からない」ということでもあるけど。

「巨大なインディーズ社会」となった日本

日本は会社社会だから、会社がうまくいかなくなると全部が駄目になるんですよ。駄目になった隙間をぬって、インディーズが出てくる。それは、ものを知らないが故にある瞬間、強くなるんです。すると、「強いから金になるぞ」と既成の会社が群がってくるんですよ。

それの象徴的な例は、日本映画が駄目になったときの角川映画ですよね。それまでの日本映画にはない新しいスタイルで、ちゃんと観客を掘り起こした。そういう角川映画の成功を見て、ほかの映画会社は「自分たちは何をつくろうか」となればいいのに、「うちにも配給させてください」と角川映画に頼ってしまって、日本の映画会社は本当に映画をつくっているのかどうか分からない状況になっちゃったじゃないですか。

　インディーズというのは既成の色に縛られないから、当たるかはずれるかは分からない、でもたまたま当たってしまうと、「あそこは力がある」という変な信仰が生まれる。その行く末がフジテレビを乗っ取ろうとしたライブドアじゃないですか。

　コンピューター産業というのはインディーズですよ。日本の既成の会社人間の頭とは違うところから生まれてきて、「メディアの融合」と言って、本当にそれは融合し得るものなのかを検証もせずに、「融合と言っているからきっと融合なんだろう」になってしまう。でも、インディーズというのは、会社という親によって成長させられない限り、社会の一要素にはなり得ない「子供」なんですね。

　息子の分からない親と、親の存在理由が分からない息子が争っているというのが、今の日本の状況でしょう。

　宇多田ヒカルのCDが九百万だというのがあるじゃないですか。そうすると、全員が宇多田ヒカルを聞いたことがあるのかというと、私は宇多田ヒカルのCDを持っている人に会ったことはない。知っている人は知っているが、知らない人は全く知らないという、二極分化が起こってしまうんですよ。でも、九百万というのは、大きな金が動くじゃないですか。だから、巨大なインディーズになっちゃっているんですよ。

だから、日本の今の文学がへんてこりんな状況だとすると、それは例えば、こういうことを考えるといい。

一方で、子供が生まれなくて老人ばっかり増えて大変だから、子供が生まれるように少子化対策をしなきゃいけないと考える人がいる。もう一方で、「子供は欲しくない。自分たちの人生をエンジョイしたい」という夫婦がいる。

文学も結局、それだけですよ。つまり、「少子化対策を考えなければならない」というのが古い文学の側の人で、「自分たちの人生を自分たちでエンジョイしたいし、責任を持って生きていくんだから文句ないでしょう」というのが「新しい文学」だったりするわけです。

その二つだけだったら話は簡単だけど、実は第三勢力がいるわけですよ。それは何かというと、子供はつくらなくて生活はエンジョイするという人が増えると、そこに新しいマーケットが広がる——「これは儲かる」と考える人達ですね。この三番目が、戦後どんどん大きくなっているから、「子供をつくるのも面倒くさいよね」という風潮が広がっているという部分もある。

ところが問題は、個人の自由か、社会のあり方か、どちらを優先させるかということ以前に、「社会が崩壊してしまったら個人の自由もへったくれもないかもしれないぞ」というところに、今、来つつあることなんです。そのあたりは、巨大なインディーズ社会とも関係してくるわけですけど。

私は、「少子高齢化が問題だから夫婦は子供をつくりなさい」という立場の人間じゃないしね。私の立場は、「少子高齢化になるなんて初めから分かっているのに、なんで今までほっといたのさ」から始まって、そういう現状を前提にして、じゃあどうするか考えなきゃいけないっていうところです。

戦後いつの間にか、「文学」というのは「親父のあり方」と同じようなものになってて、これが硬直していたから、「新しい文学のあり方」は、「そこから逃げる」だけになった。うるさい親父がいて、息子は「いくら言っても駄目なんだ」と繰り返して、逃げた。そこから逃げるのはしかたがないとして、逃げて親父とは全く無関係なことをやってしまうと、親父のやっていたことの意味がなくなるんですよ。これが「社会の崩壊」。

「親父のやっていたことは、間違っているところも間違っていないところもあった」ならいいんだけど、「嫌いだから知らない」といって全部切り捨てちゃう。そして独自に始めたところが大きくなる。すると、切り捨てられた親父が、「いや、やはりうちの息子は大したもんだ」と外で自慢するという、訳の分からない状態になる。そうして息子は、インディーズの怪物になっていくんですよ。

そういう意味で、新と旧のコンビネーションは切れてるね。

最近、よく殺人が起きるのも、そういう状況の中で「家」そのものが完結して孤立しているからで、世界が「家の中」にしかないんですよ。完結してドラマがなく、いきなり破綻がくる。家の中にある問題というのは、そもそも外側の社会との連携で解決していかなきゃいけないものですけどね。

昔だって、家の中の問題はあった。でも、ここまで頻発しなかったのは、外との壁が薄いから、問題が煮詰まらずに薄まっていたからです。今は家が全部孤立して壁が厚くなってるから、簡単に煮詰まる。しかも、息子や娘には、外から情報というものが入ってきている。これは、煮詰まるようにずっと火にかけられているようなもんです。情報は「煮詰める火」でもあるということを、忘れないほうがいいですね。

よく錯覚されているけど、批評とは自分以外の対象を捌《さば》くものじゃないですね。批評はまず自分を捌くものですね。また、小説は自分を表現するものと思っているらしいけれども、人を表現するものなんですよ。批評家というのは他を捌くものだと思うから、批評家というのが高みに立ってしまって、それで「ああだ、こうだ」のジャッジをする。でも、高い立場に立ってジャッジできる能力を持って捌くのが批評家だという幻想は捨てたほうがいい。その点で、私は評論家という肩書きを改めて拒否しますけどね。

第四章

「アタマ」を失くした日本のゆくえ

聞き手　木村俊介

日本人が「アタマ」を失くした時代

——橋本さんは一九八九年についてリアルタイムで考えたことを『'89』にまとめていますけれど、今、ふりかえってみて、当時に書いたことをどう思われるのでしょう。

橋本 あの本に書かれていなかったのは「経済」ですよね。八九年のあとに日本で問題になるのは経済のことばかりですから、そのことへの引っかかりは書いてる間も感じていました。でも、あのときは「バブル経済」という言葉さえ知られていなかったわけです。この『'89』のために九百枚近くの原稿をまとめたときは、まだ株価が落ちたぐらいで、日本でバブル経済という言葉が一般的にきちんと理解されるのは、公的に「バブルが弾けた」と言われた一九九二年よりもさらにあと、一九九五年のオウム真理教による地下鉄サリン事件の前後にさしかかっていたんじゃないのかな。バブルが弾けた一九九二年のころは、今もペンディングになっているけれども日本の地方都市をテーマにした長編小説『人工島戦記』を書くために某地方都市にいて、地方都市ではまだバブルは弾けていないことになっていた。そのころ地方のあり方を見ていると、「東京では、悪い人たちが悪いことをしていたからバブルが弾けたのであって、ウチの地域はそんなことは起こらない」という様子でしたもん（笑）。

一方で、一九九一年から四年間、「ヤングサンデー」で『貧乏は正しい』という連載をしていました。自分としては、「日本の経済が破綻したんだから週刊漫画雑誌の読者が貧乏であるのは当然」と思っていたんですね。つまり、経済が破綻したという自分たちの現状を肯定できなかったら、何もはじまらないだろうという意味をこめてこういうタイトルにしたんです。これには、「貧乏は正しいけれど楽しくない」というオチもつくんですね。正しいことって、だいたい、楽しくはないですから。ただ、この連載をやっているあいだ、「ヤングサンデー」の編集部は、これがバブルの弾けたあとの話を扱っているということにあんまり気づいていないんですね。連載が本になり、さらに文庫になったころに「これ、バブル崩壊後の話だったんですねぇ」と。だから東京に限らず、日本の中でバブルが弾けたということが理解されるまでには、時間がかかっているわけです。

――バブルが弾けたと認識されるまでの空白には、どんな時間が流れていたのでしょうか。

橋本　昭和が終わったあとの日本について、日本人は、「何か」が終わって、「何か」を新しくしなければならないと理解はしていたんだけど、その「何か」がずっとよくわからないままだったんですよ。わかりやすい事実は、昭和天皇が亡くなったということだけでしょう。一九八九年の日本人にとって、まちがいなく昭和天皇の崩御が最も衝撃を受けた事件だったんですけど、一九八九年の西洋人にとってのショックは、ベルリンの壁の崩壊だったわけです。日本人って、西洋人の視点を媒介しないで自分たちで分析する能力がないから、昭和天皇がいなくなったことの意味が、つまり、何がショックだったのかわからないままだったんですね。

一九八九年について最も重要なことが何かを言ってしまいますと、一九八九年は、日本人が「アタマ」を失った年なんです。日本では組織の上の人間がものを考える役割も担ってきたわけで、頭脳の意味での「アタマ」も、頭領の意味での「カシラ」も、一九八九年を境に失われてしまった。昭和天皇の死というのは、それを象徴していたんです。その前後には、あらゆる分野で「アタマ」だった人たちが立て続けに死んでいったけれど、そのことで日本の文化はものすごい勢いで変わってしまいました。手塚治虫や美空ひばりが一九八九年に死んだあと、漫画や歌謡の世界に興隆があったかと言ったら、くりかえし手塚治虫や美空ひばりのリバイバルがあったぐらいでしょう？　「アタマ」もなければ「カシラ」もいない時期が、現在に至るまで日本では続いてきたんですよね。

「アタマ」を失ったというのは、日本人の集団の最小単位である「家族」においても同じであって、父親の存在意義が薄くなっていくのも、この時期からです。だから、「家族って何なんだろう」ということがわからなくなり、家族を形成するための結婚という制度もわからなくなる。結婚が個と個の結合みたいなものとされてしまったことで、「愛があったら何とかなるだろう」なんて思い込みも生まれるわけです。すると、家庭には男女のエゴが渦巻いて、簡単に破綻するしかなくなってしまう。本来、男と女が集まって作った「家族」という一つのシステムを動かすには、それ用の「アタマ」が必要なのに、そのあとの時代には、「家族」のあり方がわからなくなってしまうわけです。

――そういう、日本人にとっての「アタマ」って、どのようにして失われていったのでしょうか。

橋本　近代まで遡らなければならない問題ですが、やはり戦前から戦後にかけて、昭和のある時期に、だんだんと作られていった状況でしょうか。天皇を「アタマ」にした国家が、強圧的になって国民を戦争に向かわせていくけれども、終戦後、アメリカによって民主化され、天皇も象徴として一人の人間になってしまう。つまり、集団から個に解体されてしまった。「日本人はアメリカ人のような個人単位のシステムでやってこなかったのに、個として解体されたらどうなるのだろう」というのが戦後の数十年間のプロセスで、実際に一九八〇年代にさしかかるあたりから言われていた「ニュー・ファミリー」という家族像についても、出現の段階で「これが家族でいいのか?」という疑問はあったし、その一方で従来型の家族も家庭内暴力といった事件によって否定されていくわけです。そういう日常の断片が少しずつ日本を侵食していって、それが明らかに見えるかたちになったのが昭和天皇の死だったのではないでしょうか。

つまり、一九八九年には、日本人の「アタマ」が崩壊したけれども、自分たちは何が崩壊したのかわからないままだった。ただ、その「アタマ」の崩壊が起きたころは、まだ日本経済は破綻していないんですから、経済の問題でなかったことだけははっきりしているわけです。しかし、バブルが弾けて不況になってしまうと、日本人は経済さえ回復させればなんとかなると思いこんでしまう。経済を回復させることしか考えなくなるから、本来回復されるべき問題が見えなくなって、「経済ではなく人間の問題」という根本の原因も見えなくなってしまうわけですね。

そのころから現在まで、たとえば日本の政治の「アタマ」も、ずっと不在のままです。首相は短命で、小沢一郎が辞めるか辞めないかのときでも、「後任がいない」が問題になるでしょう。人間の集団は「アタマ」を必要としているのに、「まぁ、みんなの代表なんだからあまり深く考えないでやってよ」みたいになっている。そんな集団の「アタマ」なんてあるもんかと思ってしまいます（笑）。

――日本人は「アタマ」を失ったという橋本さんの考え方は、筋道がハッキリしていますね。

橋本 ただ、そこまで明快に問題の解答を出されると、人って、「じゃあどうすればいいんですか」とますますわからなくなるんですよ。でも、さらに言うなら、はじめからわかりやすい生き方なんてなくて、それがあると思いこんでいたこと自体がまちがいだった、ということにもなるんですけど。

――橋本さんは前に「二十年間という時間の幅は意外と大きな意味を持つ」と書かれていました。昭和が終わってからの二十年間の時間の幅については、どのように思われますか。

橋本 私は戦後生まれの人間だから、戦後二十年の節目が東京オリンピックだというのはよくわかるんですね。それで、自分が二十歳になったときには、改めて「戦後二十年」と言われたときの時間感覚を考えて、「二十年は大昔じゃないか」と思った。今の「昭和後二十年」は、それとは違いますよね。昭和が終わったことによって、何が変わって、何が終わったのか、誰もわからないまま、変化はなかったことにされている。だから、かつての「戦後」というような意味での時間の幅はないんですね。ただ、この二十年間で個人的に大きな問題だと思い、かつ現実に失望したのはオウム真理教の地下鉄サリンが起きたあと、オウム真理教の問題や矛盾を誰も悪く言っていなかったことです。恐いから悪く言えないのではなくて、あんまり恐いとも思っていないまま、「まぁ、いいんじゃない?」みたいなスタンスで語られていた。

――日本人の「アタマ」が失われたということを、当時、橋本さんはどう実感したのでしょうか。

橋本　昭和が終わったことを知らされたとき、はっきりと「俺は自由になった」と思いましたね。でも、それは直感としてそう感じただけだから、どのように自由になったかについて、他人になかなか説明できなかったんですよね。この解放感は何だろう、と思いながら数年が過ぎて、当時、山の中で一人で仕事をしていて、考える時間ならいくらでもあったんですけど、そのときはじめて、自分は「昭和」というイデオロギーに合わなかったんだとわかりました。わかりにくいかもしれませんが、「昭和という時代」のイデオロギーではなくて、「昭和」というイデオロギーなんです。戦前とか戦後といった特定の時代ではなくて、戦前と戦後の両方も含めて、「昭和」というイデオロギーに私は合わなかったんだと。これを説明するためには「日本の近代とは何だったのか」という問いからはじめなければならないわけです。それはあまりにも大がかりな仕事になってしまうと予想できましたから、のちに『二十世紀』にまとめられるように、二〇世紀を一年一年ふりかえるという仕事をして、改めて昭和ではなくて二〇世紀という時代の幅で考えはじめたんですね。それでも「昭和というイデオロギー」のなんたるかは説明できませんが。

人の死が時代の終わりを象徴する

――そこでふりかえって、二〇世紀という時代について、どのように捉えたのでしょうか。

橋本 二〇世紀の百年を一年刻みで見られる年表が欲しかったんですけど、世の中にないから、自分で作ってしまったんですね。あるときから、「大死亡時代」と呼べるような時期がはじまったという感触を持っていたので、その年表に死んだ人を書きはじめていくと、それが、一九八〇年代に入って明白になることに気づかされるわけです。そういう事実って、自分で打ちこんでみなければわからないもので、どうしても手で覚えることというのは歴然とある。人の死というのは訃報としてニュースになっているけれども、人間は放っておくと、個人的に思いいれのある人物の訃報に反応するだけで終わりにしてしまうんです。でも、それでは、死んだ人がどのような「場所」を成立させていて、その人の死によって、どのような状況が終わっていくのかについては、まるで考えられないままになってしまうんです。訃報を記録するだけでも、世の中は全体としてどう動いていたのか、客観的かつ断片的なデータだけれども、その集積が何かを物語ってしまうことはあるんですね。八九年というのは、そのクライマックスというか、「アタマ」の人たちが亡くなっていった「大死亡時代」のピークの年かもしれない。

——橋本さんが八〇年代を「大死亡時代」と捉えていたことは興味深いなぁと思いました。

橋本　ある時期から本当に沢山の人が死んでいくので、これ以上死なれたらやばいと思いましたね。一九八四年に有吉佐和子さんが亡くなったころはわりと身近にいたので、「人が死ぬとはどういうことなんだろうか」と考えるようになりました。有吉さんが亡くなって、今度は九二年に中上健次が亡くなります。真剣に小説を書こうとしていた作家というのは、書くことがなくなると死んでしまうんだなと本当に思いましたね。書くことがなくなっているのにそれに気づいていない人は、ずっと生きるんだろうけれど。

それまでにも、「一つの時代が終わった」というかたちの訃報は耳にしていたけれども、決まり文句だと思っていたんですね。でも、ある状況やある場所を作りあげた人の死があまりに重なったときからは、「あ、時代が終わる流れというのはこういうものなのか」と感じたんですよ。ある人がいるからこそ保たれていたような場所というのは、突然、その人に死なれてしまったら、働き盛りの父親にいきなり死なれた家族みたいに困ってしまうものなんです。ただ、時代や場所とのかかわりから人の死が問題にされるというのも、最近はなくなってしまった。今、ほとんどの人って、たとえば映画やドラマの登場人物が死んでいくときに「あとは頼んだ！」と言うような立場にしか自分を置いていないと思うんです。でも、頼む立場にある人は、そのずっと前から頼まれる立場でもあったのに、それが自覚されていない。人から頼まれるという関係がないまま、「頼む」とだけ言ってつながりを残せたらいいみたいになっているのも、「アタマ」を失った時代の特色なのかもしれないですね。

――橋本さんは、いつも知識を持たない人にもわかるように議論を展開されていますよね。

橋本　どんな文章を書くときにも、十五歳の男が背伸びしてわかろうとしたときにわかるように準備しておかなければいけないとは思っているんです。なぜ、十五歳の女ではなくて十五歳の男なのかと言ったら、それは私が十五歳のときに女ではなかったというだけなんだけど（笑）、ただ、そう思っているから、私は、どんな本でも遠慮会釈はないです。人間は、わかろうと背伸びをしてわからないことを咀嚼《そしゃく》するなかでしかものごとをわかるようにはならないってところがある。そういう背伸びを拒絶するようになったら、人間はもうおしまいなんですよ。たとえば経済のことを書くにしても、専門的な勉強をして書いているわけではないので、「そもそも経済って何なんだ」というところからはじめるから、どうしても面倒くさい文章になるわけです。しかも作家の考える経済だから、人間のあり方としか絡んでいない。いちばんわかりにくい経済を見ることになっているんですね。

さらに言うなら、作家というのは描写をするのが仕事でしょう。だから前提になるような専門知識なんて持たないまま、これは何かへんだと思うところから、そのへんさを描写していく。だから、どの本も延々と長くなって、単純なキーワードは出てこないというものになるわけです。まぁ、専門的な世界で符号のように通用しているものの考え方をへんだと思ってしまったら、もう、いちいち脇道に逸れたところから考えていくしかないんですよ。小説はディテールによって全体が立ちあがるものですから、経済について書いていても、小説を書く場合と同じ手続きになるわけで、いちいち書くものが面倒になったって、もうしょうがないんですよ。これは体力がなければできないことでしょう。気力で体力を補うようなことをしたら、途端にガタッと落ちたものしか書けなくなりますから。

――二〇世紀の年表を作って、手で覚えると言われたことと、ある時期から橋本さんがワープロを使わなくなったことには、関係があるのでしょうか。

橋本　ワープロで書かなくなったのは、三島由紀夫について書いているときに、三島の直筆原稿が頭に浮かんだからです。三島は死に向かいながらも、一字一字、万年筆で書いていたんだと。あともう一つ、『ひらがな日本美術史』の取材で円空仏を見たことが大きいですね。お寺で撮影するときに「持ってもいいよ」みたいに言われて（笑）、円空仏を触ったことがあるんです。すると、小刀を持って何かを作りたがっている子供みたいな感覚が手に蘇って、やっぱり自分は手が好きだなと思ったんですよね。

自分の手で過去を掘り返す

――橋本さんは、同世代のいわゆる団塊の世代についてはどういうふうに思っているのでしょう。

橋本　同世代の友達も本当に何人かしかいないし、以前から、団塊の世代って括られるのはほんとに嫌だなと思っていました。それに同世代ばかりを見ていると、人間は年を取れないんですよ。ある時期、十歳ぐらい年下の人たちの「これがわからない」ということに答えていくことで人は一つずつ大人になるんだと実感したぐらいですから。

――橋本さんは、最新の情報についてはどのようなスタンスを取られているのでしょうか。

橋本　今の若い人は情報を仕入れることに興味があるみたいだけれど、私は情報というものを仕入れないんですよ。専門的な情報を集めてものを見るというのは、「何かをわかるための公式的なカギがある」と考えているからでしょう。でも、私はそういうカギを持たないまま、セーターの毛糸をほどいて玉を作っていくみたいなことをしているんですね。絡まったものごとをほどくことなら、誰にでもできるだろうと思っているので、ほどくことで何が問題になっているかをかたちにしていくことから考えていく。私はもともと、カギになるような重要な公式を覚えるのが嫌いで、そういう思考の仕方は他の勉強のできる奴がやるだろうと思って放っといた。それから、ある専門分野の特定の問題を解くためのカギというのは、適用範囲も狭いでしょう。マルクス主義のカギとか、構造主義のカギとか、ニューアカのカギとか、カギの使える範囲が決まっている。だから、私は、広大な現実から立ちあがってくるようなところからしか考えないようにしています。

そうやって目の前にある現実から考えはじめることって、そもそも日本人は得意なはずなんです。世界を覆うような大宗教は一人の神が人間を作るところからはじまるけれども、日本はその成り立ちからして、『古事記』を読むと日本の神話は神が神を作るだけで、その神が雲の下に降りてきたら、もう人間がいたりするんですからね。

――（笑）

橋本　その人間はどこから来たのかという考えにもなるけれど、日本人はそうやって、現実はすでに存在しているという前提でものを考えてきたわけです。私は、現在の問題を過去からしか見ていないんですね。だから既成のイデオロギーから何かを構築しようとは思わないのかもしれないですね。古いものがかつてそうであったということから類推していくという意味でも、二〇世紀の一年ごとの年表を作ったりだとか、『双調 平家物語』をはじめるときには大化改新から鎌倉幕府成立までの一年ごとの年表を作ったりしてしまう。つまり、自分の手で作ったデータしか情報と言えるものは活用していません。ただ、最近の人たちは、最新の情報が大切でデータが必要と言うわりには、自分で作ったデータは持っていないのかなとは思いますね。

この二十年を思いかえしても、自分でトータルにものを知るのではなくて、情報はいちいち細分化専門化されて、各分野において個人が自立していればいいんだみたいに思いこまれている。「各分野」だから、他のことはどうでもいいみたいになる。でも、今の時代にこそ求められている、「この廃墟からどうやって立ちあがったらいいんだ」というゼロから出発するためのノウハウはないままなんですよ。そもそも若い人たちは苦悩する体力もなくなってしまって、心を病む方向に行ってしまうなんて時代にもなっているし。

――橋本さん自身が、ものを考えたり書いたりする体力がなくならない理由は何でしょうか。

橋本 吐き出せるものは、一ぺんに吐き出しちゃうことですね。それこそ一九八九年から、『窯変 源氏物語』は構想をはじめているんですが、たとえば光源氏の全盛期の桜を書くときに、もう、桜の美しさについてのボキャブラリーはすべて出しつくしてしまったっていいという覚悟でのぞむわけですよ。ピークの美しさを表現しなければならないわけですから。でも、実際に出しつくしてしまったあとにも、桜の描写は出てくるんですね。それでも、そうなればまた、別のボキャブラリーが出てくる。あとでゲラを見たときに、なんで自分はこんな言葉を知っているんだろうと思うくらいのこともあったし、何らかのかたちで吸収しておいたものは、出そうとすれば出てくる。だから、まずは持っているものを惜しげもなく使いきったほうが楽なんじゃないかと思っています。みんなそういうところで妙にけちなんですけど、下手にストックを取っておいたら、結局エピゴーネンになってしまって、自分の二番煎じでしか生きていけなくなってしまうでしょう。

生きていくということは、どこからか自分のエネルギーを湧きあがらせる作業で、そのエネルギーは、やはり自分のなかにあるものを吐き出しても、まだ出てくるはずと思うことなんですね。だから、ストックを持っていても仕方がない。ただ、ものを書くということは、そのつど他人の不幸を見ることにもなるわけです。つまり、あるものごとに対して「問題である」と感じて書くからには、どうしてもそこに反映されている他人の不幸を描くことになってしまう。そればかりやるのもつらいと思うんですよ。二十年前であれば、豊かな時代のなかで遊びながら警鐘を鳴らすなんてこともできたけれども、今の時代はそういう余裕もないでしょう。

――今の人は悩むよりも心を病んでしまうと言われましたが、それはなぜだと思いますか。

橋本　「悩んで当然」というかたちで体力を養わなかったことが第一。それと、人はうっかり明日のことを考えてしまうと、明後日、明明後日と、どんどん先ばかり考えてしまうんです。そこからつい、今の自分のままの状況で遠い未来の虚無みたいなものを見てしまって、未来の虚無を解決する力は自分にはないと自分に烙印を押してしまう。私だって、うっかり明後日ぐらいのことを考えそうになったら、「まだ、今日や明日のこともやっていないいんだから」と、考えるようにはしているわけです。

今の若い人が絶望的になりやすいのは、今日がどうやって明日につながるかについては考えず、「あんまり変わらない明日しかないよな」と思ったままで、「さらに、じゃあ」と十年後や二十年後を見てしまうからなんでしょう。でも、そもそもそんなふうに未来の虚無みたいなものを見てしまうというのは、自分の現在に立脚できていないからであって、今日できることをやることが、少しずついい明日を作っていくことにつながるんじゃないの、と思うしかないわけです。

——橋本さんは、自分が書けなくならない理由も把握しているところがおもしろいですね。

橋本　だって作家は個人で書いてるんだから、そのへんを考えておかなければ、編集者にチヤホヤされたままの裸の王様みたいになってしまうでしょう。私は基本的に編集者を信用していないというか、どう手伝ってもらっていいか扱いに困っていまして（笑）、だから、『窯変　源氏物語』も『双調　平家物語』も、系図や主要登場人物紹介まで、すべて自分の仕事として作りますからね。挿画の絵コンテを描いたり、色校正で印刷所に行くとかへんなこともしてるくらいですから。

複数の視点からものごとを見る

――一九八九年よりあとの時代の日本人には、美学みたいなものってなかったのでしょうか。

橋本　ない。美学という言葉を使うことで美学を殺しているかのような状況でしたからね。『ひらがな日本美術史』の連載をはじめたころには、日本にはこんなにいろいろといいものがあると思っていたんですが、連載が終わるころになったら和のブームみたいなことになっていて、「それは嫌だな」と。その後、ある雑誌で日本の美しいものを三つ選んでほしいと問われたときには、日本で最も美しいものに「日本の空」を挙げてしまったくらいですから。源氏物語絵巻と伴大納言《ばんだいなごん》絵巻とではどちらがいいかと考えるのは嫌だったので、日本で本当に美しいと言えるものとは何かと考えたら、自分がふと見あげたときに存在している空がいちばんじゃないのかと思ってしまった。日本の空は外国の空と違う美しさがあるうえに、やはり何よりも、自分の上にある空を美しいと思えなくなったら、人間は終わりだろうと感じていますから。

――橋本さんは、時代を考えて書いている自分の個性についてどのように捉えていますか。

橋本　「自分」という個性については考えていないんです。もともと、小説現代新人賞の選外佳作でデビューですから、なぜ受賞ではないのか、ランク落ちの理由は何なのかと考えたことが何よりあって、そこから作家とは技術が必要で、プロの水準に達していなかったのだろうと。だから自分の基準や個性なんて放っておいて、プロの作家のやっていることに自分は届いているのかと、いつも問いながら書いてきたわけです。

プロの仕事は「自分」が見えなくなることが最優先されるべきで、作者の姿も演者の姿もなくて、ただ、見ている人がそこに自分の見たいものを見ている、そういう状況を作家は作りださなければいけないと思いますね。たとえば薩摩琵琶の作詞なんかもしているんですが、自分にとっての作詞の判断基準とは何かと言えば、歌として聞いたときに、「誰が作ったかわからないけどいい」と思えるかどうかなんです。自分の出した言葉が歌のかたちとして返ってくるように外側に開いていなければしょうがないですから、自分しか使わないレトリックが歌に混ざっているのが見えたら失敗作なんです。他の文章についても同じで、自分を消すという作業しかしていないんですよ。

デビュー作から自分と半分ほどの年齢の女子高校生の話を書いていたので、私にとっては、自分から切り離した他人を書くことが小説を書くことであって、はじめから他人を書いてしまったら、世の中は他人だらけだなと改めて気づいてしまった。ただ、他人と自分の共通項みたいなものがどこかにあるから他人が書けるわけで、他人を書くのに忙しくしていたら、自分のことはどうでもよくなってくるという。つまり、小説の主役は読者であって、たまに作者が主役になっている小説を読まされるのはつらいと思ってしまう。描写って、たとえ一人称であっても、これは他人にとってはどう見えるのだろうという視点が入らなければできないもので、自分の立場を他人の立場に託さなければ風景も見せられないんですよ。

――橋本さんは時代を考えて書くというときにも、そういう描写をされてきたのですね。

橋本 『'89』ではじめて試みたことは、「おじさんにとっての」とか、「おばさんにとっての」とか、複数の視点で時代を見たことです。一つの時代を一つの視点で見るのは限界があるけれど、ある一つの視点から解放されて、自分には興味がないけれど、これを必要としている他人はいたかもしれないと考えれば、見えてくるものなんて、いくらでもあるんです。だからこそ『'89』は原稿用紙九百枚近くまで長くなったわけですけれども。

たとえば、ジャーナリストは現実をドキュメントのかたちで提出しますが、一つの視点に過ぎないドキュメントで、時代を立体的に描くことは難しいんですよ。ドキュメントが照らせるのは「点」のようなもので、「面」や「立体」を見せるためにはどうしても複数の視点が必要なんですよね。私は昔からそういうことをやりたかったけれども、犯人側と警察側の視点が入れ替わるような外国の推理小説などと違って、日本のフィクションもノンフィクションも、いつも一人の視点でしか語られていないことに物足りなさを感じていました。ですから、『'89』を書いたあとから、登場人物を増やして、複数の視点から一つの出来事を描写するようになったともいえます。ロバート・アルトマンの映画『ナッシュビル』（一九七五）のように、誰が主人公かはわからない、でもその人物にカメラが向けられると、その人物のエピソードになっていくという、そういう複数の視点からしかものごとは立体的にはわからない、と思いはじめたのも、このころからです。特に今は、一人の英雄の活躍でものごとが解決する時代ではないですからね。

――『'89』のあとに書かれた『人工島戦記』も、やはり登場人物が沢山いる群像劇でした。

橋本　『人工島戦記』は日本の九割を占めている「地方都市」がテーマだから、八九年以降の日本を考えるとしたら、都市の描写に複数の視点が当然必要になるわけで、しかも地方都市を書くためには、自分も消さなければならないうえに他人も消さなければならなかった。つまり、実際に当時の地方を取材しているけれども、架空の地方都市に書き直す必要があったわけです。取材した土地を架空の都市に書き直すことで、日本の地方に共通するへんな感じも凝縮させられると思ったんですね。相変わらず未完のままですけど。そういう意味でも、ドキュメントはやりたくなくて、ドキュメントをやっている人は、ドキュメントに徹することでドキュメントを突き抜けることもあるだろうけれども、私の場合は、架空のものを書くことで本当のことを書く、みたいなところに行くしかないわけです。

――はじめに、一九八九年のあと、日本人は経済のことしか問題にしなくなると話されました。そのことについてはどう思われますか。

橋本　それは日本人のあり方からすれば自然な流れなんです。日本人は面倒なことを考えなければいけないときに、いつも商売をすることでかわしてきた。日本の近代はどのように達成されるべきかという難しい問題にしても、実際に日本人のやったのは、富国強兵といい、殖産興業といい、商売なんですね。戦後も同じことが言えて、思想的な対立もあるけれど、日本の復興は、基本的には商売として達成されてきているわけです。「面倒な問題は他の誰かが考えてくれるだろう」という「アタマ」が失くなる時代につながる日本人の志向は、もともと近代のはじめから準備されていて、その問題を考えるには、また相当な時間と労力が必要になるんですけどね。

第五章

「年をとるってやっぱりわからない」が正しい

聞き手　「考える人」編集部

四十を過ぎたら、「年をとる自分」を発見した

年をとるってどういうことかというと、自分が年をとっているということをつねに発見しつづけることとみたいですよ。老いというのは、どの人にとっても、実際にその年になってみないと想像できない未知の領域なんだと思う。若い人だけじゃなく、老人にとってもそうなんでしょう。

友だちのお母さんが九十歳くらいのとき、「あなたね、この年になっても、年をとるってこういうことなんだって毎日発見があるのよ」と言ってたそうです。その話を聞いて、じつは私も年とった自分を発見しはじめてたころだったから、あ、やっぱりそうなんだ、と思った。私の母も、「自分の年齢を書くたびに驚くわよね」とか言ってたし。つまり、外から見れば紛れもない老人なんだけれど、当人のなかには老人ではない意識があって、それと老人になっているという事実がミルフィーユ状態になっているというか（笑）。

私が最初に年とった自分を発見したのは、四十すぎあたりです。軽井沢にこもって『窯変 源氏物語』を書いていたころ。軽井沢は気温が低いでしょう。なのに平気で窓を開けっぱなしにして仕事をしていたし、マイナス十度を超えると暖房をつけていても背中で寒さを感じますから。そのうち異様に腰が痛くなってきて、それは冷えじゃないかと言われたのね。冷えなんてそれまで一度も経験したことがなかったけれど、言われたとおり使い捨てのカイロを腰に貼ってたら楽になってきた。ああ、こういうことが起こる年なんだと初めて思った。

でも最近は、使い捨てカイロを貼るよりも、自分の手を当ててちゃうんです。私の手は異様に温かいから。疲れてるなと思って腰や肩を触ってみると冷たくなっていて、そこにずっと手を当ててます。ちょっと無理をするとこうなるのはもうわかってて、それが自然なことなんだから、カイロを貼るまでもないかって。四十すぎで「腰がおかしい、なんか体がおかしい」と思って、悪い病気にかかってるんじゃないかと不安がったりはしましたけど、「ああ、年なんだ」と思ってそのことに慣れちゃったので、以前ほどうろたえませんね。

それから老眼はたぶん四十になる前からきてたと思う。目がかすむので目医者にいったら、老眼には早いと言われて目薬をくれただけだった。でも二年たって検眼したら、やっぱり前から老眼になっていたのがわかった。二十歳のころから、乱視だから眼鏡をかけたほうがいいと言われてたんだけど、ずっとなんの不自由もなかったんですよ。ところが老眼になったら文字がぶれはじめた。若いころは乱視を表立たせないような力が体のなかにあったんだけど、それがなくなったんだなと思った。いまは疲れると必ず文字が二重になるんです。でもそういうものだと受け入れちゃった。だって老眼は、字を読もうとしないかぎり、とくに不自由はないじゃない？　年をとって、自分が疲れていることだけは、明確にわかるようになりましたね。

　年をとっていくと、いろいろな能力が失われていくんだろうけれど、原稿が書けたらそれでいいや、と思ってます。ほかの能力はあきらめて、年寄りのからだを受け入れちゃうしかないなと。でも一方で、年をとってきたと感じたちょうどそのころから尋常じゃない量の仕事をするようになった（笑）。昔はできることしかやらなかったんだけど、いまはできるかどうかわからないけれどやってみよう、そうするとやれちゃった、みたいな変なことになってるから。どうして年とってからわーっと仕事をはじめたかは、あとでまた話します。

人生の半分を「おばあちゃん」として生きた祖母

私の祖母は四十代でおばあちゃんになったので、人生の半分おばあちゃんだった人です。昔は五十といえば完全に自他ともに認めるおばあちゃんの年で、四十代で孫がいるのも珍しくなかった。子どものときに祖母と外出すると、階段がしんどいとか腰が痛いとか言うじゃないですか。そう言われると子どもは、おばあちゃんが死んだらどうしようとか思っちゃうわけ。だって「おばあちゃん」だと思っているから。でもよく考えてみると、たいした年じゃないんですよ（笑）。人間は、年によってじいさんばあさんになるのではなく、関係性のなかでじいさんばあさんになるんですね。祖母が亡くなったのは八十すぎだから、私はかれこれ四十年近く、おばあちゃんが死んだらどうしようと心配してたことになる（笑）。

仏教では生老病死を苦とするでしょう。子どものときに、病と死はわかるけど、どうして年寄りであることが苦悩なのか、すごく不思議だった。身近に年寄りを見ていたから。たとえば高齢になって半身不随になれば、その苦悩はあるだろうけれど、それは「病」に近くないか、とも思うし。老がなぜ苦悩なのかというと、結局人間は老いというのがわからなくて、いつまでも若くいたいから、老になってしまっているということ自体が不条理のようなものなんじゃないかと。死と同じように老も、いくら考えてもわからないものなんだと思います。

自分が少しずつ衰えていく、そのことが自然なんだと理解することが「若い」を当たり前にしている脳には受け入れがたいことなんでしょうね。


馬琴、北斎、南北、みんな五十から働きだした

と言いながら私は二十歳くらいのときから老いのことを考えていたんですよ。どうやって生きていったらいいかわからなかったから。絵描きになりたかったけれど、自分にそれだけの才能があるかどうかわからない。そのころおれは江戸時代の文化文政のころに生きてたんだけど（笑）、あたりを見回してみると、滝沢馬琴、葛飾北斎、鶴屋南北、この三人は、みんな五十ごろから才能を開花させている。

当時の五十はいまでいうともっともっと老人で、七十くらいだろうかなんて考える人がいるけれど、それは意味ないと思うよ。当時の五十はいまでも五十なんです。北斎なんて九十くらいまで生きてたんだから、五十が今の七十なんていってると、九十の北斎は二百歳くらいになっちゃうでしょ（笑）。

この人たちがどうして五十にもなってから開花したかというと、運がなかったというのもあるだろうし、自分にあうジャンルや題材に恵まれなかったとか、あるいは若いうちは面倒くさいことばかり考えていたとかいうことがある。のちに北斎は風景画という新しいジャンルをつくり、馬琴は読本というジャンルをつくり、南北は生世話《きぜわ》というジャンルを開いた。既成のジャンルに自分を当てはめようとしてもうまくいかなくて、ががたしているうちに五十くらいになって、そこから新しいジャンルを切り開いていったんじゃないかな。

同じ時代にどうして三人もそんな人がいたんだろうというのは不思議だったけれど、でもそれよりも、五十になってから七十五までみっちり働けばいいんだな、というふうに思っちゃったんです。五十すぎからだって、あの人たちの制作量は半端じゃないでしょう。五十になればなんとかなる、五十になるまでどうしようと思ってたけれど、意外とどうもしなかったですね。そんなことを思っていたことすらそのうち忘れてしまったんだけど、五十になるときにふと思い出しました。

実際は、五十より早く、私が四十のときに昭和が終わって、それからばりばりはじめたんだと思う。結果的に十年早かった。そんなふうにしてはじめてみると、二十歳のときに想像していたのとそうずれはなかったけれど、ただ、こんなに疲れるものとは知らなかった。それだけは年をとってみて初めてわかった。といっても、四十のころより五十のほうが、五十よりも六十になってからのほうが作品量が多いかもしれないんだけど（笑）。

若いときに着ていた服を見て、いやだな、もう着たくないなと思ったのも四十ころかな。だって昔は着たい服にからだを合わせるなんてことをしてたから。若いということは、そんなふうに自分を押し殺して、鋳型にはめこむということが苦じゃないんですよ。それを当たり前にしていたのがふっとよみがえって、もうおれはそんなことできないと思ったら、すごく楽になった。自分のあり方を基準にしないとなんにもできない。だから自由だと思ったのが、老いの功徳ですかね。

平安時代、八十過ぎても老人は現役だった

もうひとつ年をとると楽だと思ったことがあって、それは四十になるちょっと前なんだけど、脳の容量は一定だということに気がついたんです。もうこれ以上入らないって。『枕草子』が終わったところ、ＳＦの連載小説を始めることになっていて、ギリシャ悲劇の本の予定もあって、固有名詞の入れ替えをしなくちゃならなかったんだけど、もう本当に入らなかったの。平安時代の名前とギリシャ語の名前なんか、並ぶはずないじゃないですか。ギリシャ悲劇の本を読んだ瞬間、本当に大理石の柱に頭をぶつけたみたいな面くらい方をして、これはだめだと思った。

はたと気づいて、おれはもう数字と固有名詞は覚えないぞ、と決めたら、それ以来すっかり覚えられなくなりました。初対面の人の顔と名前も、いちどかけた電話番号も、覚えてるのが当たり前と思いこんでいたけれど、べつに覚えなくていいんだと思ったら、本当に楽になった。

年をとると物忘れがひどくなるというのは、もうご愛嬌というか、一種のギャグみたいにしていて、平気で忘れてますね。「広告批評」の時評を書いているときも、イギリスの首相って誰だっけとか、そんなひどいこと言ってるんだもの。おれいま何しようとしてたんだっけ、とか。本当に忘れているんだけど、でもそれで不都合じゃないんですよ。全部シャープにして、きちんとずばずば切っていかなくちゃとは思わない。それを可能にするために、どれだけの集中力を自分の中にキープしておいたかを考えたら、もうしんどくてね。

小説を書くときも、前は、書いたことを全部頭のなかに入れて覚えておかなくちゃいけないと思ってたの。若いときは脳の筋肉が強くて柔軟だから、なんでも平気でわしづかみしていられるんだけど、体力が落ちてくると、その緊張と集中が本当につらいというか面倒くさくて、おれはどうしてそんな強迫観念に駆られたみたいになんでもかんでも覚えていなきゃいけないんだろうと三十代の真ん中あたりに思ったんです。そう思ってたら、うっかり「忘れる」ということが出てきて、「ああ、もうそんなに覚えていなくていいとからだが言ってるんだ」と思って、それですごく楽になった。いまもその延長ですよね。

原稿はしばらく前から全部手書きに戻しているので、漢字もパソコンの人よりは覚えているはずなんだけど、始終辞書引いてます。すごくくだらない字がわからなくなったりしてるから、脳の細胞がぼろぼろなくなっていってるのかもしれないけれど、「わかんなかったら辞書を引く」はもう習慣になっているので、そのことに関してはぜんぜん困らない。この職業をやってても。

『双調 平家物語』を書いているとき、年齢表をつくってたんです。横軸が人名で、縦軸が年代で、枠のなかに一年刻みで年齢が書いてある。あまり長生きされると、ずっと書いていかなくちゃならないから、うんざりしてくるわけですよ。そんなことをしながら、長生きする人たちはどういう人なのか、考えてみたんです。他人がつくってくれた安定した基礎の上に乗っかっている人たちは長生きする、というのが私の仮説です。

藤原道長の娘で一条天皇の后になった中宮彰子という人は、出家して上東門院になって、八十七歳まで生きた。弟の藤原頼通は八十三歳、さらにその弟の藤原教通は八十歳まで生きています。長命の家系みたいですが、血のつながりのない頼通の奥さん、隆姫《たかひめ》女王は九十三まで生きている。つまり血筋じゃないわけですよ。摂関家の全盛期を生きた人たちは、平気で長生きしているの。頼通のお父さんの道長はいつ死んだかというと六十二なんです。栄華をつくるためにがんばったから、エネルギーを使い果たして六十そこそこで死ぬ。

道長に、おまえは何やってるんだとぐだぐだ言われつづけた頼通は、ずっと長生きして、七十の後半になっても教通と兄弟げんかをやってるわけ。私に関白を譲れ、いや譲らない、おれの娘を后にしろ、いやしない、とか。その隙に白河天皇が即位しますが、この人もけっこうな長生きで、七十七まで生きている。昔の女性というと、あまりいいものも食べていないだろうし、運動もしてないし、短命なんじゃないかと思うでしょう。でもそんなことはない。女院になったような人、しかもそのまんま忘れられた女院のほうがうんざりするほど長生きしています。

一方で早死にする人たちもいて、子どもの死亡率も高いから、いまの日本のような長寿大国ではないけれど、平安時代なんか戦争があって殺されるという時代でもないし、疫病が流行るといっても、年がら年じゅう起こっていることでもない。だから、一概に昔は寿命が短いというような考え方はできないような気がする。この時代を見ていると、結局、身分保障があって、何も考えずにすんで、わがまま言っていられると長生きできるのかな、と思えてくる。

八十すぎても朝廷で大臣か何かをやっていた人も大勢いました。宮中のなかは車は使えず徒歩でしょう。老人にはつらいから、「輦《てぐるま》の宣旨」といって、輿に車がついたようなものを使ってもいいことになっていた。牛車のかわりに人が手でひっぱっていくんですよ。あと「杖をついてもいい」という許可ね。そういうことをしていた八十いくつの大臣なんて当たり前にいるの。この有名じゃない大臣たちの長生きぶりに、年齢表つくるたびに怒ってたもの（笑）。

定年退職なんかありませんからね。でも当時は老害というような見方はなかったと思う。位の高い人は年をとっていようと何でいようと偉いんだもん。八十四歳の太政大臣となったら、よぼよぼだなんて誰も言えないでしょう。しかも太政大臣クラスになると出勤しなくてもいいわけです。言ってみれば現役のまんまの天下りみたいなもの。身分と自由が保障されているから、いくらでも長生きできるみたいなところがある。

　こういう人たちには、自分でなにか新しいことを考えたりつくったりする必要もない。そういうことをやる若くて有能な人は、自分の生きている状況のなかでからだを使ってえんえんと考えなきゃいけない。身を粉にするというけれど、若いときは体力があるから、集中度がすごく深いんですよね。だから本当に身を粉にしちゃうんだと思う。それがあるから、若いときみたいな集中力はいやだと私は思いますね。

年寄りの国なのに、日本は政治家や官僚が若すぎる

　老害ということでいうと、明治の元勲はおもしろいですよ。九人しかいなくて、一代限り。世襲はない。天皇に総理大臣の推薦をするという任務があった。元勲が全員死んでしまったら、総理大臣を推薦する人がいなくなり、議会政治が成り立たない。明治という時代は、最初若いのばかりでやりはじめて、そのなかの選ばれた人たちが元勲になり、やがて彼らも年をとっていった。元勲、元老制度というのは、明治という時代が永遠に若い時代であるという思い込みの表れでもあるんですよ。

　黒田清隆も伊藤博文も井上馨も死んで、松方正義なんかは後任の元老を選ぼうとしてい

たらしいけれどやっぱり死んで、ひとり西園寺公望が、長生きするのも芸のうちで九十まで生きるんだよね。それが太平洋戦争が始まらんとするころで、西園寺は自分が死んだらおしまいだというのがあるから、生きているあいだに重臣会議を招集する。それは元勲に準ずるようなものではあったけれど、元勲そのものはひとりずつ死んでいって、西園寺公望で絶えるんですよね。

関東大震災のとき朝鮮人の虐殺があったわけだけれど、その時期には陸軍をつくった元勲、山縣有朋が死んで、無敵の陸軍が軍備削減を受け入れざるをえなくなった。だから、陸軍のなかに不安状況が起こって、関東大震災をきっかけとするパニックになったんじゃないかと私は見ているんですよ。現状認識の有無にかかわらず、その人の命令があると組織が順当に動くというのはあるんじゃないかと思うんです。

日本のシステムというのは、本当は誰かがつくったものであっても、誰がつくったかはほとんど認識されていない。それが徐々に崩れていったあげく、ついに民主党が政権をとった。そのとき思ったのは、みんなおれより若いんだな、おれは年寄りなんだからもうわかんなくてもいいじゃんって。「いままでのシステムは古い」という人たちだけで政権をとっちゃったから、このあとどうやって構築していくんだろう、できるんだろうかと思いますね。

年寄りがすごく多いにもかかわらず、社会を運営していく政治のほうには年寄りがほとんどいない。官僚だって六十になれば定年だから、みんな若いわけでしょう。こんなに老人が多くなって、にもかかわらず世の中を動かしている主軸はぜんぜん違うところにあるという不思議な楕円構造みたいなのはどうなるんだろう。これは歴史上なかったことですね。

若さはうっとうしい

老人って肉体をどんどん捨象していくようなものかなと思う。でもその肉体をやっている自分というのが、じつはいちばんわからない。年をとるとはこういうことなんだと、自分の身体的な老いを発見するというのは、人間の頭のなかが永遠に若くて、「若くない肉体」というのがよくわからないからでしょう。それに慣れるというのはかなり意識的な作業なんじゃないかな。

昔は年をとったとかなんとかって、自分ではなく世の中が決めたんです。やれ四十だ、五十だ、還暦だって。老いの基準が外にあって、その年になったらそれにあわせて生きましょうというように。「そんなのどうでもいい、還暦なんて気にしないの、わたし若いんだから」って言ってるのが、いちばん危ないんじゃないですか。

『東京物語』(一九五三)というのは、まだ若さの残っていた時期の小津安二郎の映画で、杉村春子がぎすぎすしているのは、小津安二郎が、若いということはこんなにいやなものなんだと考えていたことの反映だと思う。自分とおんなじ年代の人間の抱えているうっとうしさはわかるし、そんなことを考えたって収拾はつかない。東山千栄子と笠智衆の年になってしまえば、熱海の堤防で坐っていてもいい。若さはうっとうしい。うっとうしくない若さというのは、原節子のような未亡人、若さを捨ててしまった女でしょう。

その点で、老いというのはやすらぎかもしれない。やすらぎたいと思うと、老人にあこがれるんじゃないかな。若いときに自分の若さもきらいと思っちゃうのは、まわりにいる若いやつらを見て、同化できない、なにか違和感を感じるということでしょう。まわりの若さはきらいなんだけど、自分の頭のなかは結局若いままなんですよね。それが面倒くさくなると、昔の人は出家しちゃったんだと思う。

いま四十でおばあさんみたいな人がいるとすると、昔なら四十で出家して、八十まで生きているというそんな感じなんだと思う。平安時代は出家するのが当たり前と思われていた。おばあさん、おじいさんと言われるのが「退き時」であるように理解されたのは、その以前の時代の、ある年頃になったら出家するという習慣の踏襲でしょう。そろそろ出家しなくちゃいけないのに、わたしはさぼってるというような話が、平安時代にはいっぱいある。そんなのばかりだから、本当にそう思っていたのかと疑っちゃうくらいに。でもそれも現代と変わらないのかもしれない。「わたしももう年だから、いつまでもこんなことしてられないんだけど、でもね」とか言いながらあれこれやってるという。

老いは「永遠に未知なるもの」であり続ける

『瘋癲《ふうてん》老人日記』（中公文庫）を書いた谷崎潤一郎はすごいと思う。年をとった自分を笑っているし、年をとった自分を笑うことを快感にしているから、ああいうフィクションができるわけでしょう。だから年とった自分に引きずられて死んじゃった川端康成と、年とった自分を笑える谷崎潤一郎の差って、すごく大きいと思うんです。でも谷崎は若いときからそんなに若くないですよね。谷崎潤一郎の青春小説って想像がつかないじゃない。若いときから年をとっているから、そういう意味で「大」というのがついて、「大谷崎」っていうのがふさわしいんだと思う。

三島由紀夫は年寄りを外から見ておもしろがるけれども、年寄りに同化はできない人じゃないかな。おばあさんに対するあこがれはあって、「卒塔婆《そとば》小町」（『近代能楽集』新潮文庫所収）みたいなものは書けるけれど、じゃあじいさんに自分を同化できるのかというと、無理でしょう。『豊饒の海』（新潮文庫）の本多繁邦がどんどんやつれていくというのは、あの人の老いに対する実感だと思う。

漱石は年をとれない人でしょう。頭の中が年をとれないから、年とったことを想像するということもできにくい人だと思うな。だから則天去私っていうわけでしょ。あの「私」は若い自分だもん。年とった人間は、年とった自分を捨てようとは思わない。エゴを捨てようなんて、若い人間しか考えないんです。

年をとって何がさみしいかというと、まわりの人間が死んでいくことがいちばんさみしいんだよね。つまり、人を通して成り立っていた社会との関係が切れていくわけですよね。社会なんか関係ないと思っていても、その人にはその人なりの個人的な人間関係があって、それがもうひとつの社会をつくっているわけですよ。それがなくなっていくと、どんどん孤立化してゆく。あれがいちばんつらいんじゃないかな。年をとるとみんなそういう嘆き方をするよね。このごろみんな死んでしまってねって。自分が長生きでうれしいというような言い方をする人はまずいないものね。やっと大往生した森繁久彌の、人の葬式に出続けるつらさというのはあったと思う。

　老いというのは、老いてみないとわかんない。つねに先にあって、つねに未知なもの。だから最近おれは、もしかしたらもう七十五くらいに年とっているのかもしれないと思ったりもするんだけど、実際は七十五の年の感じというのはどういうのだかわかんない。それに考え方が若いときとあまり変わらないんですよ。そのことにもちょっとうんざりしてます。年とったら、もうちょっと考え方が変わるんだと思ってたんだけど、根本のところではあんまり変わってない。若いときにグダグダ考えていたことがどうでもよくなって、その分が穴あき状態になっているだけでね。

　世の中のほうで老いのきちんとした標識というのを用意してくれなくなったら、あるいはそれを否定するなら、自分で考えていくしかなくて、そうなってしまうと老いは永遠に未知なんです。だって、死は一瞬であるけれど、老いというのは、いつ来るかわからない死のときに至るまで、微妙な衰弱をそれこそ無限に続けて、受け入れていくことなんですからね。年とった人が、年とるとこういうものだというのを聞いていてうそっぽい気がすることがあるのは、その人が「年をとるということは未知のことだ」とあまり意識していないからじゃない？　年をとることってやっぱりわからないと思う人の、その年のとり方のほうが、正しい気がする。人生先はわからないからどうしようって、わからないなりに手探りでいこうとしないかぎり、若くても、年をとっていても、生きていくことの実感というのはないと思うんですよ。

第六章

「保留状態」を生きる

聞き手　前田塁

不健康な時代

――ちょうど一年ほど前だと思いますが、橋本さんは病に伏され、「一冊の本」の連載「行雲流水録」を昨年暮れ以降、闘病記のように書いていらしたかと思います。改めてその期間の同作を読み返すと、『巡礼』『橋』『リア家の人々』の〝戦後三部作〟に一区切りつけられて病を得られたことの象徴的な部分も含め、橋本さんの入院と、政治や経済も含めた「日本の停滞」とが、二重写しに見える気すらしました。まずはそういったところからお話を聞かせていただけますか。

橋本　個人的には「広告批評」が休刊したことが大きかったんですよ。あそこで時評を書いていたんですが、そろそろこういう仕事はやめてもいいのではないかと思うようになっていました。同じ頃、編集長の天野祐吉さんから内々に「そろそろ（雑誌を）やめる」という話を聞いていましたし、しばらくしてリーマン・ショックが起きて。この現実は破綻するから時評なんてやっていても意味がない、一度ぜんぶやめて、それからやり直そう、と思っていたらその通りになったような。単なる偶然ですけどね。

それから二、三年して、顕微鏡的多発血管炎という厚生労働省指定の難病を発症しました。私は重病にかかると喜んでしまうんですよ。これは自分の気のせいなのだろうか、気のせいなだけで本当はなんでもないいんじゃないだろうか、なんて自分を責めてしまうところがあるものですから、病院に行って「重症です」と言われると「あーよかった、自分のせいじゃない」と楽になってしまう。だから入院してから面倒なことを極力考えませんでしたし、すごく平穏な状態でした。

この病気は血液中の白血球が異常に増えて血管の中で〝内ゲバ〟しているような状態になってしまう、いわば過剰免疫なんだそうです。言われてみれば昔からやりたくないことをさせられたり、考えたくないことを無理矢理考えさせられると、よく体調を崩してきたんですよ。一九六九年の東大安田講堂の攻防戦の後も一カ月ほど気管支炎と肝炎で寝込みましたし、さる小説の新人賞の選考委員をやっていた時も選考会の日になって風邪をひいたりすることが多かったんです。だから今回の病気が免疫系の疾患だと聞いて妙に納得しました。

私の病状って痛みもありませんでしたから、脚に紫斑ができて、「どうしたんだこれは？」とは思いましたけど、初めは虫に刺されたのかなとしか思いませんでしたし、痛くも痒くもなかった。ただ、ふくらはぎがぎゅうぅっと締まる感じがして歩けないぐらいのもので。それも入院して投薬を受けたら一日でなくなりました。痛みよりもやたら眠くなりましたね。体力が落ちているせいだと思うんですが、もうずーっと寝ていました。これまでも体調を崩すと寝て治してきたんですよね。だから病気を治したい気持ちよりも、もうちょっと病気でいてもいいなという気持ちが勝っていました。

――「病気でいてもいい」というのは、どういう感覚なのでしょう。なにが橋本さんをそう思わせたのでしょうか。

橋本　もうちょっと病人をやっていてもいいなと思うくらいですから、病人になっているという自覚がそもそもあまりないのかもしれません。かといって、健康という自覚もなかった気がします。へとへとになって原稿を書いているだけという生活が二十年くらい続いていましたから。だから辛うじて病気と健康のあいだで平衡を保っていたのだと思います。無理をするとバランスを崩すから、崩れそうになったら寝る、という。

――その二十年間、橋本さんの身体が危うい均衡を保っていたことに、なんらかの社会的あるいは時代的な因果関係を見出したりはされませんか。橋本さんが〝均衡を保っていた〟二十年は、日本社会にとっても、バブルの破綻から立ち直ろうとして立ち直れない、しかし破綻もしきらなかった、そういう均衡の時期だったようにも思うのですが。

橋本　経済について言えば、バブルが弾ける前あたりからもうずっと不健康な状態が続いていたんではないでしょうか。お金もうけしたい人たちというのは、好景気があそこまで持続することは病的であるという考え方をしないんですよね。経済の動向を見れば、好況と不況は必ず繰り返しますから、それがあんなに続いているということに危機感を覚える人がいなかった、それは十分に病的なことだと思います。その好況の持続は願望でしかない、実体のないものでしょう。私は一九八四年くらいまでは「なんとなくおかしいな」と思っていましたが、八五年、プラザ合意の年になるともう「病的な雰囲気だな」と感じていました。

――そのような「右肩上がり」を、渦中にいる人たちはしばしば「健康」と見誤りがちな気がしますが、そうではなく「不健康」であり「病的」だと感じていらした。

橋本　健康というか、それまでは〝前例〟があった時代だと思うんです。生きる時に参考にすべき前例が過去にあった。バブル以降というのはそれがない時代に突入したという印象があります。私なんかはバブルが弾けて「不況や恐慌というのは当たり前に起きるものなんだな、別に怖いものでもないんだな」と学習したんですが、世の大半の人々は前例がない、ということを認めないがために事態の捉え方が混濁しているような気がしますね。「前例がない」というのは、そこに気がつきにくい点で結構ヤバイすよ。

原点に返る

橋本　例えば病院に入るか入らないか、診察を受けるか受けないか、つまり病人か健康かという区別をしますけど、私はその曖昧な中を生きてきて、その曖昧な中にいるということが平気なんですね。顕微鏡的多発血管炎という病気は完治しない病気なんだそうで、そう言われた時に「これを抱えて生きていくのか、別にそれも悪くはないなあ」と思いました。病人でいるということは、私にとって〝自分に集中する〟ということでもあるんです。普段の健康な時だと常に他人に気を配って生きているところがあるので、いざ病気になると自分のことをひたすら考えることができる。モノローグを抱えて寝ているようなものでした。これまでも睡眠前の習慣として、あの時こういう判断をしたから、今の自分はこういう立ち位置にあるんだなと、いわば現在の自分のＧＰＳの位置点検みたいなことをよくやるんですよ。

——過去の回想によって現在の位置を確認するということですね。ご病気をされている現在の自分ではなく、過去の自分に思いをめぐらせていた、というのは興味深いですね。

橋本　今回の入院中、療養食が塩分・タンパク質抜きの食事でしたから、それを言われてベッドで寝ていると、身体が小学二年生の時に腎臓病をやって一カ月間寝ていた自分になっちゃうんですよ。その頃に私の原体験となっているような記憶があって、一斗缶でつくった簡単なカマドでご飯を炊いている祖父の横に座って薪を割ったりしているという光景で、人生の岐路のようなところに来ると、なぜかいつもその光景を思い出すんです。高校生の時にも大学に行くということに疑問を抱いて、大学進学に舵をとるということはそれまでの自分の生き方を曲げることになるな、などと悩んだ頃も、やはり同じ光景がふっと思い出されました。人にこんなことを言っても説得力がないと思うんですが、人生の岐路にさしかかって自分の人格を形成してきたのは、いつも祖父の隣でたたずんでいる子供の頃の自分なんです。今回、自分が大病をして思い出したのもやはりその記憶でした。

——原体験のような記憶に立ち返って、思う存分、自分のことを考える時間ができた……その意味でも、橋本さんにとって「病気」は否定的なものではなかった、ということですね。

橋本　入院生活の中で気づいたことがあるんですが、病気になると自分に集中したくなるというのは、根っこの部分で孤独でいたいという気分と通じているのではないかと思ったんですね。今まで常に忙しくしてきたせいで、リラックスするのがすごく下手だったんですよ。ところが入院中にある日突然、「ああ、年をとるということは孤独になるということなんだ」と思いいたったんです。周りが老人ばかりだったから、それが「年をとったら孤独になってもいいんだ」という風になり、最後には「孤独になりたいな」と思うようになりました。若い時は孤独ではいけない、という思いから空回りすることもありましたし、老いて病気にでもなった時に孤独だったらどうやって暮らしていけばいいだろうという不安もあるのでしょうけど、私はそれですごく楽になったんですよ。

昔、羽田澄子の『痴呆性老人の世界』（一九八六）という映画を見た時にも思ったことなんですが、婆さんというのは痴呆になってもコミュニティを作るんですよ。でも爺さんは痴呆になると孤立するんですよね。みんな横並びに同じ方を向いて日向ぼっこしているような。あの映画で描かれていることは本当でしたね。私がいた病院でも男性はみなそれぞれに孤立しているんですが、女性同士は、隣の病室や、もっと離れた部屋同士でも知り合いになって会話をしていました。ある年齢に達すると結婚している男の人というのは、奥さんに対する依存度が高くなるのかもしれませんね。「おーい」の一言で呼びつけて何でもしてもらうという。

――「おーい」と妻や看護師さんを呼んでふんぞり返る男というのは、いかにも「昭和の男」という感じがしますね。高度成長期を経験したがゆえの自信とでも言うか。

橋本　男性と女性の違いで言えば、病気への対し方も違いますね。女性がよく「これ、からだにいいのよ」なんて言って食べ物を勧めることがありますけど、あれはそれだけ自分の健康状態を日常生活の中で意識せざるを得ないからでしょうね。例えば生理にしろお化粧にしろ、周期的に自身の健康状態をチェックしているようなものでしょう。お化粧のノリが悪かったらそれは肌の調子が悪いということでしょうから。男性にはそういう機会は圧倒的に少ない。そのせいかはわかりませんが、女性は病気をしていてもどこかたくましいですね。病院では、お互いに〝病気自慢〟をするような会話がよく聞かれましたが、女性の方がそれは多かったように思います。「あたしなんてこんなにひどいのよ」「あら、あなたなんていい方よ、わたしなんて」と（笑）。あれは病気のやり過ごし方が男性よりうまいんじゃないでしょうかね。

――病人としての自分と、健康だった時の自分とを比べて、何か変化を感じられますか。

橋本　そうですね、根が鈍感な人間だからかもしれませんが、こんなエピソードがありました。退院をあと二〜三日後に控えた時に、肺炎、それもエイズで有名なカリニ肺炎にかかってしまったんです。ある検査をしたら血液中の酸素値が急激に減っているということがわかって、酸素吸入器をつけて、肺に水がたまるからベッドに傾斜をつけて、あまり寝ない方がいいなんて言われるから、起きて原稿を書いていたりもしたんですけど、ある晩、寝ていると突然、看護師がベッドの枕元で「だいじょうぶですか⁉　苦しくありませんか⁉」と聞いてくるんですよ。私はぼーっとしながら「なにが？」と答えたんですけど、看護師は「酸素値がすごくさがっていて危ない！」と。私自身はべつになにも感じないんですね。そうしたら次の晩もやっぱり「苦しくないですか⁉」とくるから、「苦しいってどういう感じなんですかね」って。「苦しい」というのが具体的にどういう感じなのか言ってくれれば思い当たるふしがあるかもしれないけど、とにかく私自身はあまり危険だとも苦しいとも思っていませんでした（笑）。

　それから、退院してから文体が変わったとは人から言われましたね。入院中に『復興の精神』のゲラを渡した時に既に言われていて、それまでの、ダブルミーニングでうねっているような文体がなくなっていると。そりゃそうでしょう。そんな体力ないですから。『小林秀雄の恵み』と『美男へのレッスン』も文庫にするというので入院中にゲラを読み直していたら、我ながらなんでこんなにたくさん書けるんだと思いました。それだけ体力があったんだと思います。今は思考の持久力がないから、そういう複層的な思考を言葉に表しにくいんですよ。私は体力がなくなるとなんでもない人なのかもしれないとも思いました（笑）。例えば、ある問題や論点に対して、こうも言えるし、ああも言える、いろいろな見方ができるという状態だとすると、それをまとめながら書いていくことができないんです。短い原稿、十枚くらいのものなら書けますし入院中も書いていたんですが、分量がそれを超してくると、論理でまとめるにも体力が必要になってくる。私の知り合いに、歌舞伎の見方において信頼できる見識を持っているおばちゃんがいたんですけど、彼女が昭和の名女形と呼ばれた六代目中村歌右衛門の晩年の舞台を評して「あの人は体力がなくなるとなにもない人ね」と言ったことがありました。それがすごく頭の中に残ってしまって、つまり自分もそうなのかもしれない、と思うところがあるんですよ。その時に、知力とか気力とかありますけど、体力がなかったらついてきませんから、何にもまして体力が大事という考えを持つようになりました。

体力がなくなることへの不安は、なにか足元に大きな、吸い込まれそうな穴が空いているようなものとして、常に頭の中にあるんですね。ただ、それと同時に、私は昔気質の人間なので我慢強いんですよ。人から「病気ですよ、重症ですよ」と言われて安心するというのも、「我慢強くなくていいんだ」という気持ちの表れでしょう。体力がなくなったから書けないと言えるなら楽だろうな、とも思います。でもやっぱり、私は自分の体力がなくなってきているということを認めないところがあるんでしょうね。

病気はリラクゼーション

橋本　病気をする前は、この仕事が終わったら次はこれをやるというプランがあったのですが、病気をしてからはそれがない。未来が空白というかブランクになっていて、かといってそれで不安になるわけでもないんですよね。それが健康な時だったらきっと不安になっていたと思うんです。未来が茫洋《ぼうよう》と広がっている、これからどうなるのかわからない、でも、それでいいんじゃないだろうか、そういうことを明らかにしたいために病人をやっているのかもしれません。私の場合、病気が一種のリラクゼーションになっているところがあるんですよ。

――橋本さんは病気の身体、つまり「思い通りにならない身体」を、そのまま引き受けようとされていますよね。そのなかで、例えば看護師さんに介護してもらう、これまで自分ひとりでこなしてきた身体や運動に「他者」が介在してくる経験には、どのような感想を持たれましたか。

橋本　それこそおむつをあてるというところまで、やることは一通りやりました、いや、やってもらいましたから、介護というのはこういうことなんだなと身体で理解しました。介護する側が恥ずかしがったりしない以上、こちらも恥ずかしがってはいけないんだな、ということを勝手に学んでいましたよ。

それと、病院生活の中では、生きるとか死ぬとかについて考えるのはよくない、ということがわかりましたね。体力が落ちているからいい方向に考えられるわけがないんですよ。そもそも現代の病院というのは生死についてじっくり考えるような場所でもなかった。あくまで〝生〟を考える場所なんですよ。例えば入院している多くの男性は退院してからどうやって暮らしていこうかと悩んでいました。身寄りのない男って結構いるんですよ。奥さんが先に亡くなったとか、奥さんと不仲だとか、あるいはこれまで独身であったとかで。奥ヘルパーを頼むというのもありますが、ヘルパーは看護師ほど親切でもないし、二十四時間待機でもないですから。

ちなみに、私は死にたくないという気持ちもあまりありません。ここ何年か他人の葬式に行く機会がよくありますが、告別式ってだいたい昼前にやりますね。例えば埼玉あたりでやるとすると、すごく早起きして行かなければならない。そうするとだいたい寝不足で行くことになるので、遺体が棺桶の中で〝眠っている〟のを見ると「いいなあ」と思ってしまう。私にとって死ぬということは寝ていていい、ということなんですよね。

――「寝ていていい」とは（笑）。人の死に際して私たちはつい、〝残る側〟としてばかりものを見てしまいますが、送られる側の立場だと別の見方があらわれる、ということですね。

橋本 よく「死とはなにか」という議論がありますけど、死んでいく人にとってはあまり重要なことではないんじゃないでしょうか。大変なのは死んでいく人を送りだす側だろうと思いますよ。ついこの間、父親が亡くなりましたから、なおさらそう思いました。死んでいく側で死を考えるということは哲学的な問題かもしれないけど、もしかしたらあまり意味のないことかもしれない、それは死についてのシミュレーションでしかないから〝本気〟じゃないんですよね。死んでいく人は本気ですから。

動いている時間の中へ

――「二冊の本」の連載「行雲流水録」は、これまで二冊の本に纏《まと》められていますが、三冊目のタイトルは「橋本治という立ち止まり方」になるだろうとも書かれていました。今の橋本さんの状況を予言するようなタイトルですが、これはいつ頃から考えられていたのでしょう。また、実際に〝立ち止まった〟ことは、橋本さんにとって、どのような意味を持ちましたか。

橋本　それは二冊目の『橋本治という考え方』を出す時に既に決めていたんですが、予言なんて大層なことではなく、なんとなくぼんやりと考えていたことが、たまたま合致してしまっただけですよ。ちょうど『双調 平家物語』が終わったくらいのころですね。六十歳を迎えた時でしたから、それまでは〝定年〟なんて自分には関係ないと思っていたんですが、『平家』を書き終えてみたら、世に言う定年というのはこういうことなのかなと思ったところはあります。結局それからまた書き始めてしまうのですが、どこかで、少し立ち止まった方がいいんだよな、というぼんやりした予感はあったんです。退院した今も早く治してバリバリ仕事をしたい、というわけでもないですし、なにかぐずぐずしているんですけどね。

昔の病院というのは外に自然がありますね。今の病院というのは近代的なビルだから、入院中は四カ月間ほとんど外気に接していなかったんですね。温度差がなくて、窓の外に季節のうつろいだけが見えている、それはすごく不思議な経験でした。季節の移り変わりを目で見ている、葉が色づいて散っていくのを見ているんですが、それが体感でわからないからどうにも観念的になってしまう。退院したのは梅が咲いている時期でしたが、桜が咲き始めるころになってやっと「ああ、季節って動いているんだ」と思って妙に感動しました。動いている時間軸の中に自分が戻ってきたんだな、と。昔のサナトリウムなんかですと、外気に触れられたでしょうから、外界の時間の流れの中で病を生きているという感じだったんじゃないかと思うのですが、現代は外界の時間から切り離されてしまうんですね。病院の中というのは人工建造物ですから当たり前ですが、廊下が真っ平らなんですよ。だけどそんな空間は外の世界にはありません。病院を一歩出れば勾配があるし、敷石もある。病気をして体力が回復しきっていない身にとって、そういうところを歩くのは結構な重労働なんですよ。だから健康というのは、そういう微妙な障害、普通に生きていればなんら意識することのない障害を意識することなく乗り越えられる状態のことなんですよ。もし本当にバリアフリーを徹底させるとしたら地面にカンナをかけて真っ平らにするくらいしないとだめですし、そんなことは現実的には無理でしょうから、バリアフリーというのは難しい概念だと思いましたね。

震災と病

――病を得られて〝立ち止まり〟、そこから回復に向かわれる中で、橋本さんは先の震災を経験されたわけです。それはどこか特殊な経験にも思われますが、橋本さんはあの震災をどのように捉えていらっしゃいますか。

橋本　どうも病気の人間というのは自分に関心が行っているから、地震が起きてもあまり不安がらないらしいんです。私はそうでした。これは今までになく大きな地震だ、ということはわかったんですが、すぐに忘れてしまいましたし、それに、私が入院している時に父も入院してしまったんですね。大震災の頃はもう危ない状態でしたから、病後の私としては「父親が死んだら」の方が心配でした。だから、色んなことが複合してやってきたというのがいちばん正確ですかね。

でも、大震災に関してはいや〜なシンクロ感もあるんです。O・ヘンリーの「最後のひと葉」（新潮文庫ほか）という短編がありますね。病室の窓から毎日一本の木を見ている。

秋が深まるにつれ、葉が一枚また一枚と散っていって、最後に残った一枚が散ったら、私の命も終わるだろう、という、あれです。この国が震災から復興しないと、自分の病状も回復しないのかなと思ってしまうんですよ。それが自分の病巣のように感じられて、何をするにも身を入れて考えられない。さっさと治して元の生活に戻ろうと思わないのは、そういう気持ちと関係があるのかもしれません。ここ最近ですね、身の回りの状況と思考の焦点がやっと合ってきたな、と思えるようになったのは。

阪神・淡路大震災や中越沖地震の時は〝悲しみ〟が見えましたね。土地が裂けていたり、崩れていたりしましたから、なにか悲しい気分になる。だけど東北の大震災では、きれいさっぱり何もなくなって悲しみすら見えてこない。この悲しみが見えない感じ、というのはなんなのか、不思議な感じがあります。中越沖地震は、あそこは過疎地でしょうから人もそんなにいないし、災害が致命的なものになるというのが画面から伝わってきたんですが、東北の方がもっと災害規模が大きいのに、もっと大きくなると悲しみって見えなくなるんでしょうかね。それとボランティアの人が大挙して被災地に行くのを見ると、みんな笑顔で行っている印象を受けるんですよね。それを受け入れる側も笑顔で受け入れているような気がして、なんだかよくわからない事態というのが本音です。

　例えば、昔の人はどんな災害にあおうと、そこが自分たちの土地だと思うとそこに住み続けますね。広島と長崎なんてどうやって復興できたんだろうと思いますよ。だって原爆を落とされて放射能で汚染されてなお、そこにもう一度街をつくったんですから。今度の災害で被災した土地や集落の「高地移転」が議論されていますけど、そういった土地はきっと老人の独居、夫婦二人所帯が多いでしょう。次の世代に残す、次の世代に伝えるというモチベーションがあれば、ここで生きていく、この土地を守る、という気概のようなものが出てくると思うんですが、自分たちの当座の住まいということなら移転やむなし、という考え方も当然あるでしょう。そう考えると復興の意味合いがだいぶ変わってきますね。とても複雑な問題と思います。仮設住宅というのも「もうちょっと〝被災者〟でいていいですよ」ということのシンボルなのか、それとも「さあ、立ち向かいなさい」ということなのかがよくわからない。それは私自身の個人的な精神状態とも関わっていて、病人をずっと続けているとまずい、という気持ちもあるんです。病院暮らしに慣れてしまって、そこから出て現実を立てなおすことから逃げてしまうのはよくないと思っていて、仮設住宅で暮らしている人と、自分が置かれている状況が重なって見えるところがあります。

——仮設住宅を常設にするという議論も始まっているようですが、じゃあそれは「なに設住宅」なのか、という話ですよね。仮設として設計された以上、他人がそれを「仮でなくする」と決めたり勧めたりはできないのではないかと。

橋本　私の〝復興〟というのは〝戦後〟のイメージが強くて、自分たちで勝手にバラック小屋を建てることだと思い込んでいました。バラック小屋を建てるというのは、この土地はうちの土地だと勝手に家を建ててしまうようなことだと思うんですけど、今回の震災ではそういう話は聞きません。もうそういう時代ではないんだ、ということに気がつきました。

「民主主義」から離脱する

橋本　東京大空襲から終戦までというのは五カ月ほどありますね。その間、焼け出された人たちはどうしていたんだろうと考えることがあるんです。あれは、全部焼けてしまったからもう空襲は来ないだろうという安心感があったんじゃないかと思うんです。今回の震災でも〝千年に一度〟の大地震が来たからあと千年は来ないだろうと楽観視するようなことができないかと思うのですが、被害が大きすぎてうっかり不謹慎なことを言えない。だから笑って客体化するというのができにくい、そこも辛いところだと思います。今の世の中というのは、いろいろと面倒だと思うんですよ。何かを言えば誰かが抗議の声をあげるものだから、それを避けようとして、すごく慎重に迂回して言う風潮になった。民主主義が進むと逆になにも言えなくなる。これは民主主義の最大の弊害だと思いますよ。建設的な意見は出てこなくて否定的な意見ばかり出てくるという。

——誰もが自由にものを言う社会というのは、ごく一部の例外を除いて、誰もが文句を言えてしまう社会、ということですものね。そうすると病気になるというのは、さしずめ橋本さんにとって民主主義から離脱することだったのでしょうか。

橋本　今の民主主義は病気の人をも「民主主義」の中に組み込もうとするところがありますね。病人に利益供与を図るということ自体は悪いことではないですが、それを基準に健康な人までも巻き込むような価値観や考え方が浸透していくのはどうしたものかな、と思います。

——運動会のかけっこで、一番足の遅い子にあわせて、子供たちを横並びにゴールさせるようなことですね。

橋本　今の社会というものは病気の人が元気になる道はあるけど、健康な人が健康を維持するための生き方というのがあるようでないいんじゃないでしょうか。あなたは健康だと思っているかもしれないけど、実はこんな病気があるんですよ、この治療をすると身体にいいですよ、と。つまり野放しにしておいてくれないんです。健康というのは野放しにされていることだと思いますし、野放しになっているからちょっとくらいの段差なんてひょいひょいと飛び越えられる。

私は病院に行って初めて「そんなに細分化されているのか」と思った「科」がかなりありました。足が痛いと言ったら、はじめは整形外科に行ってくださいと言われ、これはちょっと違うということになって、今度は血管内科に行ってくださいと言われました。小児科の反対の老人科というのもありましたし、そういう細分化は病気の範囲がそれだけ広がっているということでしょう。これでは「年だからしょうがない」という言い方はもうできないんではないですか。あるいは、年をとったということをみんな認めたくないということなのかもしれません。年をとったことを認めるのは脳の作用で、脳って身体の言うことをあまり聞かない（笑）。

――橋本さんご自身は「年をとった」ことについて何か思うことはおありですか。

橋本　困ったことに私自身もあまり年をとっていないなと思うんですよ。三十歳を過ぎても高校生に間違えられたことがあったくらいですから、自分で意識的に〝おやじ〟になるシミュレーションをしたことすらあるんですけどね。私の病気は治療のためにステロイドを飲むんです。ステロイドを飲むと老化作用を促進する一面があると医者に言われて、ああ、私は年相応に見られないところがあるから年をとるのもいいかもしれないと思った。ところが、その副作用なのかはわかりませんが、逆に白髪が全然目立たなくなってしまった。医者が言うには七十歳とか七十五歳を過ぎないと身体というものは老人にならないんだそうです。だから〝老人〟という状態にスローに入っていくために徐々にならす過程があって、それが昔だったら「もう年だから」という言い方に表れているんじゃないかと思います。「もう年だから」と言うことで、少しずつ身体の運動性能をダウンサイジングしていったんじゃないかと。私自身はというと、若くなきゃいけない、アンチエイジングしなきゃいけないというつもりはまったくないですし、かといって無理して年寄りぶるつもりもない、〝保留状態〟なんですよ。今は歩く時に杖をついていますが、散歩をしていて道端のガラス戸なんかに自分の姿が映ったりしますね。その時、ただ「あーあ」と口に出すんです。それは本当にただ「あーあ」でしかない、杖をついている自分を否定的にも肯定的にも捉えない保留の言葉なんです。保留という、どこにも属さない時間をつくることを現代人はしないのかもしれませんね。どこかに帰属して、自分が何者であるかをはっきりさせたがる。私は意識的に自分をはっきりさせるというのが苦手というか好きではないので、ただ保留にしています。病気をして自分に集中しているというのも、別に自分が何者であるかを考えているわけではないんですよ。そういうことをはっきりさせないことで自分を救っているのかもしれません。

超講義録

ハシモト流「教育論・仕事論」

聞き手　仲俣暁生

其の一　日本の学校教育はなぜ身に沁みないのか

「教育」は誰のためにあるのか

学校でなにが好きだったか考えてみると、用事をさせられるのが好きだったんです。掃除当番や給食当番の仕事がまわってくると自分の存在理由が得られたみたいな気がして、高校三年のときは一年間ずっと保健委員をやっていた。それでなにをやるのかということもあるけれど、役目を与えられるとやってしまうんですよ、家のお手伝いをする子供だったから。

高三になるとみんな受験勉強を始めるでしょう。誰もほかの人がやりたがらないので、しょうがないからひとりでずっと掃除当番をやっていた時期もありました。みんなに「早く帰っていいよー、やっとくから」って言うわけだけど、自分はどうなるんだって（笑）。でも、それでよかったんです。

だから学校が教育をする機関だということが、私にはピンとこない。ふつうの人は上級学校に行ったらなんらかの資格を得て社会人になって……という考え方をするのだろうけど、べつに医者になりたいわけでもないし、なにかになりたいわけでもなかったので。

私は意外と規則に従う質《たち》なんですよ。「そういうものだ」って飲み込んじゃうんです。ただ、飲み込むけど、「やだな」という気持ちはべつにある。小学校二年生のころ病気で一ヶ月ぐらい休んだときも「休んでていいのかな」という変なうしろめたさがありました。やらなきゃいけないことをやらずにいることに関してうしろめたさを感じる気持ちは、実はそのくらいずっと前からあるんです。

体育の時間が苦手でやりたくないなというとき、体の調子が悪いことにして見学する人もいたけれど、私はなんだかうしろめたいから、こけてもいいから授業に参加しようと思っちゃう。そういう意味で変わった子だったから、ことに学校教育に関しては、自分を基準にして物事を言ってもしょうがないんです。勉強できないから学校が嫌いというのはポピュラーだけど、私は学校に行くのは嫌いではなかった。勉強もそんなに好きじゃなかったけど、まあできるほうだった。ただ上昇志向がないから、もっといい成績をとろうという気はまったくないんです。それで中学から高校、高校から大学と進むにつれて、ちょっとずつ「やだな」が増えていきました。

教育というのは自分のためにあるものではなくて、教育する人間の側のためにあるものでしょう。所詮は国家のためじゃないですか。教育の大本には文部科学省があって、国家がこうと決めたことをやっている。でもそれが私にとって必要かどうかはわからない。そうやってガキのくせに取捨選択しちゃう子供だったんですよね、自分にはこれが必要でこれはいらないって。

橋本さんにとっての「教育」とは

私は団塊の世代でしょう。受験地獄はいちばん人数が多い私たちの世代から始まるんですが、大学受験までは基本的にのんきだったんですよ。

小学校六年のときに友だちに誘われて公開テストに行ったんです。公開テストがどんなものか知らなかったけれど、みんなで日曜日に電車で行って、帰りにたいやき食うのが楽しくて（笑）。実はそれは四谷大塚の公開模試だったんだけど、そんな有名なものだとぜんぜん知らなくて、みんなといっしょにいる時間が増えるから、塾に行くのが楽しいというくらいのものでしたね。

学校のなにがつまらないかというと、じっと座って勉強する時間が退屈で、授業中に平気で歌をうたっていました。ある日、天気がよかったから窓際の席でうたっていたんです。気付いたら目の前に教師が立っていて、いきなり棒でひっぱたかれた（笑）。そういう状態になると人間はあきれて怒りもでないのか、先生はなにも口に出さず、ただひっぱたいて去って行きました。当人もその瞬間、「なにが起こったんだろう？」と思っているんですよ。ぶたれるのが嫌だということもなく、「ああぶたれちゃったー」ってくらいのもので。でもそれでよかったんです。

将来なにになるという考え方はしていなかったけれど、私がそんな子供だった一番大きな理由は、家が商売をやっていてすることがいっぱいあったからですね。社会参加と同じで、家の中でできる仕事があるほうが嬉しいというのが私にとっての教育だったんです。店の前を掃いているのを手伝うと、じいさんが「箒を持つのはこうなんだ」と教えてくれる。うちのじいさんはべつに優しいじいさんではなかったけれど、けっして怒らない。「そうじゃなくてな」と、それとなく教えてくれる不思議なじいさんで、私にとっての教育とはよく考えるとそれだった。じいさんの教育によって無能な自分もいろんなことができるようになったんです。

だから高三のとき、受験なんかしたくないという思いがつのって自分の右手をじっと見た。この手でいろいろなことができるようになったのに、これを捨てなきゃいけないのか。たいしたことはできないけれど、できるようになったことの蓄積がこの手にはある。それを捨てるのは嫌だなって。お先真っ暗ではあるけど、嫌なものは嫌だからしょうがない。その後どうするのかは当人次第だからって。

みんなが一斉になにかを教えられて、それを吸収して勉強するということは、点数による一種の競争でしょう。でも授業の時点では競争でもなんでもないから、後ろを向いて喋ったりしていた。先生がチョークを投げるなんていうのは、マンガの中だけの話だと思うかもしれないけど、私は現実に自分の目の前でチョークがはじけるのを見ました。机に当たると崩れて、半分が崩れて半分が飛んでいく(笑)。

そうやって一貫して勉強とは違うモチベーションで動いているから、東大に入った瞬間、「ここは自分のくるところじゃなかったかもしれない」って思ったんです。モチベーションが勉強以外になにもないところのような気がして。

勉強ができなくなる一番の要因

子供になにかを教えることはとうぜん必要だろうし、教えないと困るんだろうけど、そこには「なんのために」という問題設定がない。私の中では、教育とは「仕事のための教育」でしかないんですよ。でもそれは、近代の教育ではない。職人の親方のところに行ったり丁稚奉公したりして教わるといった、実務教育のことしか頭にないんです。

学校でやっていることも実務教育の一種だろうとは思うけれど、なんの役に立つ実務なのかがよくわからない。数学で習う対数なんかもそうでしょう。三角関数なんて、大人になってから聞いたら、あれは銃弾が飛んで行く方向の計算だという。そんなものをなぜ中学や高校でやらなきゃならないのか（笑）。学校教育ではそれらがひと通りセットになっていて、これが全部できなくては困るということになっている。でも現実にはなにも困らないんですよね、できなくて恥かかされるとしんどいなってくらいで。

人が勉強ができなくなる一番の要因はなにかというと、「勉強ができないストレス」なんですよ。勉強ができなくてもかまわない、というふうにストレスをとっぱらうとみんな勉強ができるようになる。

それを私は現実に知っているんです。中三のときに、テストの成績を隠していたらそれが何人かのグループの間でオープンになってしまった。そうしたらみんなが「なんでこんなとこ、間違えるの⁉」「ここはこうやるんだよ」って言ってくれた。隠すことがなくなってストレスもなくなったおかげで、それからは勉強するのが苦ではなくなった。ただし問題が一つあって、その勉強と「自分がどうにかなるための勉強」とが学校では結びつかないんですよ。

私は昔から原稿書く作家になりたかったわけじゃなくて、小学校のはじめのころは「忍術使い」になりたかったんです。そうすれば空を飛べると思っていた（笑）。その後ちょっと現実的になって、荒木又右衛門になりたくなった。「忍術使いより荒木又右衛門のほうが、実在の人物だから現実的だな」とか、「宮本武蔵よりも荒木又右衛門のほうがかっこいい」とか支離滅裂なわけですけど、子供ってそういうものが現実的だと思うわけですね。

でも学校の勉強が結びつくようなことで自分がしたいことは何もなかったし、自分がなにかになるための知恵もなかった。職人教育だったら仕事の技術を教えられるから、少なくともそれで食っていける。なんでそれがないんだろうと思っていたけれど、よく考えたらほかの人間は誰も学校にそんなことを求めてなかったんです。

其の二　必要なのは『教科書』ではなく『副読本』である

「一人前の大人」とは

イラストレーターという職業を知ったのは高校に入ったころです。それまで日本の社会にはイラストレーターという職業はなかった。自分は挿絵画家になりたいのだけれど、挿絵画家は「職業」であって、大学に行って学ぶことではない。日本画家になりたいわけでもないし、ベレー帽かぶって油絵を描きたいわけでもない。そうすると仕事と学校教育が結びつかないわけですよ。

その前は歌って踊れるミュージカルをやりたいと思っていたんです（笑）。私は「ウエスト・サイド物語」にトチ狂ってミュージカルに憧れた世代のひとりだから。一貫して身体的なんですよ。でも「どこに行けばあれができるようになるの？」ということになると、男にバレエを教えてくれるところがない。だから自分で決めるしかなくて、やりたいけどきっと失敗するからやらないな、って。

高三のときは勉強が嫌いになっていたから、絵の学校に行くという手もあるなと思って、それまで親に進路の相談したことは一度もなかったけれど、そのときだけ父親に「絵の学校行ってもいい？」って訊いたんです。そうしたら父親は「おまえ、それで食っていける自信があるのか」って言った。

そう言われて、「ああ、ないな」ってわかったんです、父親には言わなかったけれど。でも「そうか、食っていく自信があるなら、家の跡継ぎにならなくてもそれやっていいのか」って。実はそれが一番重要だった。食っていく自信があるんだったらやってもいい。食えなきゃダメだっていうのは、実利の話だから、学校の教育から離れている。学校教育はそういうことを一つも教えてくれないんですね。

でも自分の生きてきた世界は、毎日毎日お客さんがやってきて金を勘定して、という世界だから、給与生活者みたいに「金はどこかにあるのかもしれないけど見たこともない」という世界とは違う。一人前の大人になるということは、そういうものの一員になることだという考えが自分の中にあるんですよ。

身体的なくせに、困ったことに私はそれを言語化したがる人なんです。身体と言語はすごく離れていて、身体的な諸々が思考につながるとは限らないし、言語は言語だけの話だからそういうものはもっとない。私は根本的に自分はバカなんだと思っていたんです、そこらへんがつながってないから。二十歳過ぎになって、その二つはつながり得る、つなげていいんだと思って、そこからちょっとおかしくなったんです。

成長する唯一の手段

逆上がりできるようになったのが高三だったんですよ。高三でできるようになるなんて思わないでしょう（笑）。勉強をしたくなくて校庭に出たら鉄棒が見えて、いまやったらできるかもしれない、と思ってやってみたらできてしまった。人間、思惑から自由になるとできるようになる（笑）。中学までは走るとだいたいビリだったのに、高校に入って計ったら中学のときより三秒も縮まっていた。なぜだろうと思ったら、「あいつは遅い」と思って見ている人が周りにいないので、周りにひっぱられることがないからなんですよ。

思惑というのはけっこうなもので、人は周りの思惑があると恥をかくのが嫌いになる。でも恥をかくことによって克服していくことでしか人は成長できない。笑いの対象になると、恥かくのが日常でしょう。そうなると、あるとき「これって埋められることなのかもしれない」って自分の体が反応してできるようになるんです。

「わかること」は、そうやって「わからないこと」を見つけない限りできない。わからないことを自分で埋めていくということが努力なんですよ。私がそこらへんで唯一なじみのある言葉が「努力」なんです。努力すればいいって当たり前のように言うけれど、ふつうの人はなにを努力していいのかがわからない。こっちは「えー、なにを努力すればいいのかわからないの⁉」って思うけれど、「そうか、失敗を埋めることが努力なんだから、努力するためにはまず失敗しなくちゃいけないんだ」ということに気付いたんです。

わざと失敗しなくても、最初はだいたい失敗するんだから、それを拒否するんじゃなくて見つめてしまえばいい。そうすると、「ここを埋めればいい」ということが試行錯誤のうちにだいたいわかる。そういう試行錯誤を何回かくり返せば、スキルがおのずと生まれていくんです。

でも「教えること」は、トータルな知識をもっていないとできない。私はそういう知識をもっていなくて、あることに関してはわかるけど、それ以外はわからない。だから「文章の書き方を教えてください」と言われてもできないんです。トータルの知識をもっているわけではなくて、いつも試行錯誤でやっているから、「知らないよ、おれは勝手にやってるだけだから」って。

むかしセーターの本（『男の編み物、橋本治の手トリ足トリ』）を書いたのは少し違う話で、あれは客観的な描写を練習しようということだったんです。この糸をこうもって、こういうふうにして次はこうやってと具体的で客観的な描写をつないでいかないと、編み物の技法書はできない。私はそれまで小説家としてあまりにも自由に好き勝手に主観的なことを書いてきたから、一つ制限を設けて客観的なことを書いてみようと思った。それが私にとっては「写生文」の練習になったんです。

必要なのは雑然たる知識

ある子供向け新書の企画書を書いたとき、はじめは教科書を書いてくださいという依頼だったんです。「教科書は書けない」という主義の私が教科書を書く必要はないけれど、そのときはじめて「教科書を求める人はどういう人なのか」がわかりました。

わかりやすい教科書というものが求められたりするけれど、教科書を一冊読んだからといって、なにかができるようになるわけではない。これを覚えておけば大丈夫というマニュアル本が教科書でしょう。マニュアル本というのはある局面にだけ対応するものだから、一歩離れるとなんの役にも立たない。そんなものいらないと思うし、だから嫌なんです。

いまはどうだか知らないけれど、私の時代は学年が上がるたび教科書の積み残しが必ずあった。高校を出た段階で世界史と日本史の両方を習っていたけれど、近代史の部分はぜんぶ抜けていたから、私には近代に関する知識がぜんぜんない。それでも平気なんだから別に教科書がちゃんとしてなくてもいいんです。

子供に必要なのは雑然たる知識で、だから教科書じゃなくて副読本をいっぱい与えるべきなんです。いまの子が本を読まないならなおのこと、自分が一冊本を読めたって思える程度の薄さにして、いろんな副読本を出していけばいいんじゃないか。副読本という土壌の上に自分というものが立っている、その立っているということが教育なので、そこに教科書という背骨をむりやりつっこむ必要もないだろうと思うんです。

実は教科書は記述がちゃんとしていないから、覚えるしかない。でも私はどんなに単純なことでも覚えるのが苦手なんです。クラスの友だちが英単語を一所懸命覚えたりしていても、私は覚えたことが一度もない。歴史の年号もそうだから、歴史の流れとしてはわかるけれど、いつのことかわからない。「これは何年のことですか」というのが試験で出されるけど、せいぜい三点とか五点とかの問題だからいいじゃないかって。

ただし他人が覚えないことだと覚えたいんですよ(笑)。たまたま教科書じゃない別の年表を見ていたら「一二三四年金滅亡」って書いてあり、「イチニサンシなんだ!」と覚えてしまった。金が中国統一王朝であること以外はぜんぜん知らないのに、金の滅亡がイチニサンシってことだけ一つ覚えて、次に「なにか似たようなものはないか」と思って見たら「一七八九」というのがあって、なにかと思ったらフランス革命だった。「そうか、ナナハチキュウでフランス革命か」と、これでようやく二つわかった（笑）。同時に「一八〇〇年で終わるのが一八世紀」という世紀の考え方もわかって歴史が流動的じゃなくなり、やっと固定できたんです。

英単語も、なんであんなものをぜんぶ覚えなくてはいけないのかわからなかった。でも覚えておもしろいもの、他人が覚えないようなものならわりと好んで覚えるんです。二、三年前に友だちが「ポーランドの文化協会の人と話していて……」って話しはじめたんですよ。「なんだっけ、ブルブルさん、ブルブルさん」って言っているから、「それってもしかしてズビグニェフ・ツィブルスキーのこと？」って言ったら案の定そうだった。ズビグニェフ・ツィブルスキーはポーランドの映画スターです。「なんでそんなこと知ってるの？」って訊かれたけど、誰も覚えないだろうと思って覚えただけなんです。ほかにもインノケンティー・スモクトゥノフスキーとかアナスタシア・ヴェルチンスカヤといったソ連の映画スターの名前は覚えていた。ほとんど記憶力の無駄遣いだけど、みんながやることはみんながやればいい、自分の役割はみんながやることの外側にあるって、なぜかそういうふうに思っていたんですね（笑）。

自分ができないことを認める先に

学生のときに家庭教師をやったことはあるんです。でもなにをやったかというと、実はなにもしてない。「この子は算数とローマ字が苦手なので」と言われ、五年生だったから「じゃあ四年生の問題集やって」といって勝手にやらせてみると、いっぺんやったことだからできる。それをやらせている間に私はその子のマンガをずっと読んでいた（笑）。

教えるべきトータルな知識をもってないからトータルな教え方はできないけれど、できてないところがわかれば教えるべきところもわかる。穴があいていたら「ここに穴があいてるね」って。そもそも教えるのは好きといえば好きなんですよ。妹がふたりいるから、下の妹にくだらないことをああだこうだと教えていました。その妹は演劇が好きで練習をしていると「そこは言い方がちがう」などと勝手に演出したり（笑）。

私が物書きになったのは三十過ぎで、そのときの大学生は十歳くらい下でしょう。その相手になにかを教えようとすると、こちらが大人にならなきゃいけない。大人になるという行為と、人に教えるという行為とが私のなかではシンクロしていたけれど、でも大人がどういう感じなのかよくわからない。父親はうちで働いている人を相手に年がら年中説教していたから、大人になるためには他人に説教できるようにならなくてはいけないと思っていたんです。

他人に教えることで系統的にわかるということもあって、私にはそれがいちばん大きかった。『たとえ世界が終わっても』という本が実はそれなんです。「自分がわからないこと」ではなくて、「他人がわからないこと」を埋めていく作業をやらないと、自分でもはっきりわからない。わかるために人を教えるということはいくらでもある。でもふつうはそれをしないのは、たぶん「えー、なんて教えればいいんだっけー」でつまっちゃうから。恥をかきたくないということもあるのだろうけれど、私は適当なこと言っていればそのうち真実にたどり着けるだろうって思っているから平気なんです（笑）。

実務教育は「自分はこれができない」と認めることから始まる。できないことを認めるために、何回かやって恥をかけばいいんです。恥をかいていく最中で、もし上司とか同僚に口汚くののしられたら、そこは悪い会社だから辞めればいい。自分をリトマス試験紙にする決意なくして世の中で生きていくのはウソだと思うんです。

世の中の人たちは、たやすく失敗する人間をバカにする傾向がある。そして人はたやすく失敗するから「おまえはダメな人間だ」というレッテルを貼られてしまう。人間は他人の貼るレッテルに従う生き物で、そういうレッテルを貼られるとダメ人間になろうとしてしまう。でも他人の貼るそんなレッテルは、自分となんの関係もないんですよ。失敗しているということは、自分なりの方法を模索してるだけの話なんだから。

自己啓発本も結局のところ、「失敗をおそれるな」ということしか言っていない。なぜ大人になるまでそんなことに気付かないのかが不思議なんですよ。いま、女の人が四十ぐらいになると、毒親だとか、自分の親のことを悪く言うでしょう。それを聞いて「えーいまごろ!?」と思う。ずっといい子をやっていて、なんでつまらないって思わないんだろう、と。中学生ぐらいの段階で、少しだけでも親の言うことを聞かない不良になっておく必要があるんですよ。そうやってあきらめさせないと、子供はなんとかなるもんだと思ってどんどん親が増長する。真面目な人ほど後になってから怒るけれど、浅ましいからそういうのはやめたほうがいい。

学校教育を通ってしまうと、人はどうしても失敗しないようになるんです。見栄を張ることだけはうまくなるけど、見栄張った結果、壊れやすくなるんじゃたまったもんじゃないな、って。

其の三　会社は『律令国家』と同じ仕組みで動いている

知らない人間の悲しさ

『上司は思いつきでものを言う』はタイトルだけで売れた本なんです。企画会議があるというから「タイトルだけはぜったい変えません」と編集者に言いました。本屋に入って『上司は思いつきでものを言う』って文字が目に飛びこんできたら、人はものすごくショックを受けるか、喜ぶんじゃないかと思って（笑）。あれだけ売れたのも、やっぱり『上司は思いつきでものを言う』って言われたら「そうなんだ！」と身も震えるような、驚愕するような悟り方をする人たちがいっぱいいたからでしょう。

私には上司がいたことはないけれど、基本的な立場としては大きな組織の出入り商人と同じじゃないですか。「これはダメ」とか「こういうふうにならないの？」という言われ方はいくらでもしてきた。それも筋が通っていればいいけれど、「それ、たんにおまえの思いつきだろ」ということがあるわけです。「企画書を書けと言われてる」という話をしたら、ある人から「一番いい企画書ってどういうのか知ってる?」って訊かれて、私が「知らない」と言ったら、「なにも書かないんだよ」って(笑)。細かく書くとつっこみどころが出てきちゃうから、曖昧にしておくのがいいというんです。

会社という謎の組織が目の前にあることは知っていたけれど、その構造がなぜ生まれるんだろう、ということはずっとペンディングにしていたんです。でも私のことだから、とつぜん変なところで気が付くんですよ。

ここにこういうヘンテコリンなものがありまして。これは『双調 平家物語』を書くためにつくった年表なんです。年表的な事実がよくわからないから、「これはこういうことなんじゃないか」と自分で推理していかないと書けない。一週間こういうことをやって原稿書くのは三日とか、そういうペースでやっていたんです。そのときはたと、「こういう組織のあり方って、会社とおんなじじゃないか」と気付いた。だから『上司は思いつきでものを言う』は、「律令国家」のあり方から割り出した会社のあり方の本なんです(笑)。

江戸時代、寺子屋の普及で識字率が上がったおかげで日本人は近代を負けずに勝ちぬくことができたという見方があるけど、それ以前の教育となるとみんなよく知らない。でも平安時代にだって学校はあったんですよ。律令国家には貴族の子弟のための学校として「勧学院」と「修学院」の二つがあった。修学院離宮はいまでも残っています。

貴族の子弟のためのこれらの教育機関がなにを教えるかというと、当時だから漢文を教えるんですよ。なぜ二つあるかというと、国立大学と私立大学の違いみたいなもので、一つが藤原氏のための学校で、もう一方は藤原氏ではない貴族のための学校。二つの違いはどうでもよいというのは、そういうところを出た人で歴史に名前を残した人が誰もいないから（笑）。

当時、学校に行って勉強するのは、出世する見込みのない人なんですよ。社長の息子が会社に入ってすぐ上級管理職になるのと同じで、貴族ははじめから身分が決まっていて、わざわざ学校に行かなければいけないような人間には下級の職しか用意されていない。勧学院や修学院を卒業すると、公務員になるための「省試」がある。中国の科挙みたいなもので、この試験に通るとだいたい式部省の役人になる。式部省は漢文の文章を扱える下級の役人だから、結局は地方官に転出するしかない。京都の平安京の中にある役職は「内官」と言って、「外官」は地方官。内官として中央官庁で出世できるのは貴族のいいとこの息子だけだけど、外官は身分や名誉がなくても金を稼ぎにいけるんです。

下級貴族はそういうものにしかなれないシステムだから、外官に行って地方で「〇〇の守」とか「〇〇の介」になって税金をピンハネするしかない。当時も官僚組織はあるし大学も出なければしょうがないけれど、その前に身分がある。それ以外はいい加減だから各自で汚いことやって儲けなさい、ということだけれど、そのうちに朝廷の力が弱まってくるから、漢文を読むこともしなくなるんですよ。

鎌倉時代のはじめに天台宗の大僧正慈円が、「ほんとうだったら私はこれを漢文で書かなければいけないのだが、いまの人は漢文を読めないから仮名で書いた」と『愚管抄』の後書きみたいな部分に書いている。「そもそも鎌倉時代の武士は勉強したのか？」とか「鎌倉時代の武士ははたして字を読んだり書いたりできたのか？」というのはすごく興味ある問題なのに誰も調べていないんですよ（笑）。漢文以外の学問といえば平安時代は和歌だけど、鎌倉時代の武士は和歌が詠めない。つまり無学なんです。馬に乗って弓を射る練習ばかりしているから、字が読めなくてもよかった。

鎌倉の三代将軍・源実朝は学問に憧れていたから、京都の朝廷では「あいつをもっと勉強好きにして軟弱にして鎌倉幕府を倒そう」という考え方をする。なんてソフィスティケートされた戦争だろうと思うけど、その程度だから鎌倉時代の武士は読み書きなんかできないわけです。

戦国時代になるとそれじゃ困るという考えもでてくるけれど、戦国武将が自分で字を書いていたかどうかはわからない。花押《かおう》というぐちゃっとした絵みたいなサインは、字が書けないから記号でやったもので、書判《かきはん》ともいう字で書くハンコです。芸能人のサインと一緒で、デザイナーがつくったそれを覚えると字を書けない芸能人でもサインができる。戦国武将は元坊主や貧しい貴族を「祐筆《ゆうひつ》」という書記係として雇っていたから、自分で書かなくてすんだんです。

織田信長や武田信玄がどんな和歌を詠んだのかも、ほとんど知られていない。漢詩も有名な「風林火山」は武田信玄のオリジナルではなく、中国からのいただき物でしょう。側にいる誰かが「こういうものがありますよ」と言ったのを「おお、それイケルじゃん」というノリで採用したかもしれない（笑）。秀吉は死ぬときに「浪速《なにわ》のことは夢のまた夢」という和歌を詠んだけれど、もしかしたら最期にやっとそれぐらいは詠めるようになったのかもしれない。

本格的に教育が始まるのは江戸時代に入ってからだから、それまでは別に勉強しなくても大丈夫だったわけです。武士の文化は実務の文化です。実務とは百姓が田を耕すとき、どうしたらうまく耕せるかということなんです。ただし江戸時代の中盤まで農業技術はぜんぜん進歩していない。結局、学問がないと、どうすれば進歩するかという考えも生まれない。ものを知らない人間の悲しさは、知らないということがわからないことなんです。

平安時代がなぜそう呼ばれるのかといえば、平安でなにもなかったから。そんな時代が三百年も四百年も続いて、それが崩れて武士の時代がきて、もういちど再整理するのに三百年もかかって江戸時代になる……そんなふうに大雑把に考えれば、日本史というのは、できあがった、壊れた、またつくる、それのくり返しだということになる。そういう大雑把なわかり方を最初にしておいたほうが、細かい部分が入りやすい。なにしろ私は歴史の年号を二つしか覚えなかった人間ですから（笑）。

ものを考えるときの源泉

『上司は思いつきでものを言う』に話を戻すと、会社のことはよくわからないから「律令制」のことをつついていたら構造が同じだと気付いた。ふつうの人がそれに気付かないのは多分、現代と律令制の時代があまりにも離れているから。でもよく考えてみると、そういうものが積み上がって現代ができているわけで、いまみたいな時代には「そもそもわれわれはなぜこんなふうになっているのか」を考えなければいけない。そうすると大切なのは歴史なんですよ、結局は。でも学校で教える歴史は「私たちはこういう現在にいます。よかったですね」というハッピーエンド史観だけで、「その結果、こんなにぐちゃぐちゃになったじゃないか」という歴史はないから、学校で歴史を学んでもなんの役にも立たなかったりする。

さっきの年表みたいに、「こういうこともある」「こんなこともあったのか」とやっている私は、それをやって、「こういうことか！」というわかり方をするんです。「鎌倉時代の武士は字が読めなかったかもしれないものな」という話も、そういうくだらない様々なことから得た結論なんですね。

頭で考えているのか、ただ直感でやっているのかわからないけれど、「これとあれって似てないか？」という感じが、私がものを考えるときの源泉になっている。なんだか似てる匂いがするというだけでなく、「あの人の顔は誰かに似てるね」という想像もつかない比較を平気でする。「シソンヌの細いほうが女装したときの顔が吉田羊に似てる」とか（笑）。そう言われると、言われたほうはほんとうに似ているかどうかを考える前に、「あっ」と驚いてしまう。結果がすべてであるような相似形をそうやって探すのが半分習い性になっているから、律令制のことを知ってしまうと「ああ、会社とそっくりじゃん」と気付くんですよ。

「律令制」というシステムが次第にぐちゃぐちゃになって、上流貴族と下流貴族に分かれていく。下流貴族は出世ができないから、勉強しなくてはいけない。これが日本のありとあらゆるシステムの源流です。東大法学部を出て高級官僚になっても、それは一つのステータスだけれど、ストレスも大変だし、ほんとうにそんなにいいステータスなのか、というところまでいまはきている。少し前の時代ならば「お父さんは高級官僚の役人なのだからあなたもそうなりなさい」とか、「お父さんは病院の院長だからあなたもならなきゃいけません」という一種の「家業」として職業はあった。

江戸時代まではぜんぶそうだったんです。家業としてある以上、子供の教育は家長がやる。でも、その精神は明治維新によって壊されてしまった。維新後の元武士は言ってみれば「失業者」です。第一次世界大戦が終わった後、失業した軍人がナチスドイツをつくる原動力になったようなもので、徳川幕府の武士がみな失業し、新たな道を探さなくてはいけなくなった。そこで明治政府が役人をつくるための大学をつくり、「みんなそこに行きなさい」ということになった。その結果、世襲ではないけれど世襲に近い状態、「誰でも参加できる世襲制」になってしまった。この道はもう終わってるかもしれないのに、そう考えずにこれが唯一の道であるとしてしまえば、教科書を丸覚えできた人だけが上に行ける、という変な信仰が生まれる。でも、そうやっていろいろなものを切り捨てると変な人しか生まれない。

「父親が子供にものを教える」ということが教育の根本だとすると、その教育は「一家というシステムを成り立たせるために必要なもの」になって、読み書きそろばんがすべてじゃないだろう、ということになる。福沢諭吉は「読み書きそろばん」と言ったけれど、武士の家にそろばんが必要なのかという問題もある。そろばんはそれが得意な人がやればいいんです。

誰が「社会」を教えるのか

『源氏物語』でずっと不思議に思っていることがあるんですよ。玉鬘は夕顔の娘で、幼いときに母親が死んで乳母に引き取られて九州に逃げ、成人したころに今度は九州でやっかいな事件が起きて都に逃げ戻る。それに対して紫式部は、「二十歳近くの成人に近づいて、親が必要なのに玉鬘は親がいないから心細かったんだ」という書き方をしている。いまと逆なんですよね。いまなら「もう親がいらない歳なのに」となるけれど、平安時代は親が社会人としてのあり方を教えるから、子供が社会人になる頃に親がいないと困る。それまでは乳母がいていろいろ教えてくれるけれど、乳母は社会と切り離された存在だから、社会については教えられないので、子供の歳が上になると親が必要になる。

でも親が教えられるのは自分の一家のことだけで、それ以外の大きな話はぜんぜんわからない。だから学校をつくって漢文を教え、下級貴族の息子が実務の役人になる。上級貴族は実務なんてやりません。実務は他人にやらせておいて、自分はおいしいところだけをいただくんです。

そういうことをずっと考えていくと、そうか、家族というものが崩壊したから教育を学校に頼るようになったのか、という答えがでてくる。いまの教育がおかしいのは、親が教えなくてはいけないようなこともぜんぶ学校に押しつけてしまうから。文科省のお達しで、学校は報告書に些末なことを書くのに時間をとられている。親が子供に基本的な教育をするのがいちばん簡単なはずだけれど、逆にいまは「躾も学校で教えて下さい」といわれている。なにもわからないそんな親が社会人をやっているいまの世の中は最悪です。

昔は家族という単位があり、いろいろな家族からなる複合的な単位として「一族」があり、「一族の長」という存在があった。「ここはおまえの家がやらなきゃいけないぞ」とか、「ここはやる必要ないぞ」とか、「おまえは下っ端だから一所懸命働くことをおぼえろ」とか。さらに下っ端にいくと「働くのはいやだからサボってます」とか（笑）。そういうふうに社会が単位ごとにできあがっていて、システムとしては意外と簡単なんです。そして、（律令国家にあっては）このシステムを統合するトップにいるのが天皇だったわけです。

おわりに　「橋本治」のことば

高橋源一郎

さあ、みなさんがこの頁を開いている、ということは、この本を読んだということでしょう。どうでしたか？　うまい感想が浮かんでこない、かもしれない。いや、感想のことばがありすぎて、整理がつかない？

まあ、いいでしょう。橋本さんのことばが、みなさんの中に入りこんで、それぞれふさわしい場所に落ち着くまで、待てばいいのですから。その間に、ぼくの、ちょっとした感想を書かせてください。

橋本さんの著作リストを眺めていました。橋本さんは、すごくたくさん本を出しています。正直にいって、全部を読んでいるわけじゃありません。でも、最初の頃の本は、ほとんど、いや全部読んでいます。78年に『桃尻娘』、79年に『花咲く乙女たちのキンピラゴボウ』。このことは書きました。1作目と2作目です。80年には2冊、『秘本世界生玉子』（しかし、なんてタイトルでしょう）と『悔いあらためて』（これは、糸井重里さんとの対談集です)。82年が『よくない文章ドク本』以下3冊。そして83年は4冊。その中で、ぼくがいちばん好きなのは『男の編み物、橋本治の手トリ足トリ』という、なんと編み物本です! 84年が『革命的半ズボン主義宣言』以下5冊。85年が8冊。ぼくのお気に入りの『親子の世紀末人生相談』がその中にあります。それから、86年は少し減って、『完本 チャンバラ時代劇講座』以下3冊。87年には『ハイスクール八犬伝』と『桃尻語訳 枕草子』の刊行が開始されます。好景気が続き、バブルの絶頂(およそ90年)に向かって、この国はまっしぐらに進んでいるところでした。それにしても、橋本さんがやっていたのは、「まとも」なことじゃありませんよね。時代に立ち向かうような大長篇小説や大問題作を書くわけでもなく、その時代の深奥をえぐるような「大」評論やエッセイを書くわけでもない。なにをやっていたか、というか、書いていたか、というと、「編み物」本と「人生相談」と「チャンバラ時代劇」の本。確かに、超高速で突っ走る時代に歯向かうように「古典」を正面からぶつけているように見えますが、あくまで「ハイスクール」であり「桃尻語」を通じて、つまり「半ズボン」を通してだったのです。

いつまでも「子どもっぽい」。そうかも。なにしろ、「チャンバラ」は子どもの遊びだし。「編み物」だって、ぼくの記憶では、やっていたのは、母親かおばあちゃんだった。あくまで、絶対に、「女・子ども」。それが、橋本さんの流儀だった（ように見えた）のでした。

確かに、橋本さんは、いつも楽しそうに、「遊んで」いるように見えました。その結果、文化というものは「おとな」がやるものだと思っていた人たち、つまり、文化担当のほとんどの人からは、橋本さんの姿が見えなくなってしまったのです。

橋本さんは、絶筆であり、未完のまま終わった「『近未来』としての平成」（「群像」2019年4月号）の中で、こんなことを書いています。

「昭和の私ははっきり言って『存在しない作家』だった。……略……

昭和が終わった年に刊行された私の本が、その翌年、ある賞の候補になったらしい。直接には知らないが、新聞には選考経過の一部のようなものが載っていて、そこである選考委員は、私のその本を『強く推した』と言ってくれていた。推したけれどだめだったというその理由は簡単で、『その選考委員以外の人は、誰も私のことを知らなかったから』だった。それで私は、やっと安心した。『ないことを証明するデータ』がやっと現れてくれたからだった」

橋本さんは「存在しない作家」であり「見えない作家」でした。その扱いに愛読者のぼくは、ずっと苛立っていましたが、橋本さんもまた、深く傷ついていたのです。けれども、平成になって、世界は、橋本さんを「発見」しました。遅ればせながら、文学の世界でも、すぐそこに、偉大な作家が、誰とも比較できない希有なことばの使い手でいたことに気づいたのです。

しかし、なぜ、橋本さんは「隠され」ていたのでしょうか。

その理由は、みなさんがお読みになったこの本、ここに収められた橋本さんのことばを見ればすぐにわかるはずです。

「豊かになっていくというプロセスと、バカになっていくというプロセスはほぼ同じですよね。ただ、バブル以後、豊かになっていくというプロセスがなくなってしまったからバカになっていくという方面ばかりが目立つようになったんじゃないですか」（「第一章　どこまでみんなバカになるのか」）

「文学にとって一つの時代は終わっている。終わっているんだけど、終わっているのを認めたら出版する側は経済的に大変なことになるから、『終わっていない』にして再生を目指しているけれど、これは小泉改革みたいなものだよね。別に『文学』が終わったって、『小説』が終わってなけりゃそれでいいじゃないかと、私なんかは思うけど、『文学であること』がほとんど唯一のような評価の基準になっていたから、『小説のよしあし』という単純なことが分からないのかもしれない」（「第三章　「文学」が死滅しても「小説」があればいいじゃないか」）

「『自分』という個性については考えていないんです。もともと、小説現代新人賞の選外佳作でデビューですから、なぜ受賞ではないのか、ランク落ちの理由は何なのかと考えたことが何よりあって、そこから作家とは技術が必要で、プロの水準に達していなかったのだろうと。だから自分の基準や個性なんて放っておいて、プロの作家のやっていることに自分は届いているのかと、いつも問いながら書いてきたわけです」（「第四章　「アタマ」を失くした日本のゆくえ」）

橋本さんは、晩年（と当人は思っていなかっただろうが）になって、いくつもの小説の傑作を書きました。「小説」ということばを使ってもいいし、「文学」ということばを使ってもかまわない。比類のない作品を書いたのです。では、なぜ、その頃になってやっと？　いえ、橋本さんは少しも変わってはいませんでした。「小説」や「文学」というものは、なんのためにあるのでしょうか。それは、人びとが、世界や社会という大きなものに巻きこまれてゆくとき、「そうじゃないよ!」「目を覚まして!」というためにあるのだ、とぼくは思っています。ぼくの好きな作家は、みんな、良くて「変わり者」、そうでなければ、「狂人」扱いされているのです。たったひとりで、強大なキリスト教会に向かって「それでも地球は回っている」といったガリレオのように。

橋本さんのことばは、健全な「社会」のことばとも、立派な「文学」のことばとも、ちがっていました。なんだか薄気味悪い、と思ったおとなたちもたくさんいたでしょう。そして、みんなで結託して、橋本さんを「いない」ことにしたのです。

けれども、社会や世界がどうしようもなくぐらついてきたとき、人びとは、「橋本さん」を発見せざるを得なかったのです。おそらく、それは、「ほんとうのこと」に耳をかたむけなきゃ、とみんなが思うようになったからではないでしょうか。もっと前に気づけばよかったのにね。

橋本治 著作リスト 1978 - 2020

●＝小説・詩・戯曲・シナリオ
★＝評論・エッセイなど
♥＝古典現代語訳
♠＝イラスト集
♣＝対談集・共著他
＊アンソロジーは除きました

1978年

●『桃尻娘』（講談社→講談社文庫→ポプラ文庫）

1979年

★『花咲く乙女たちのキンピラゴボウ』前後篇（北宋社→河出文庫）

1980年

★『秘本世界生玉子』（北宋社→河出文庫）

♣『悔いあらためて』（糸井重里＝共著／北宋社→光文社文庫）

1981年

●『暗野』（北宋社→河出文庫）

★『シンデレラボーイ シンデレラガール』（北宋社→河出文庫）

1982年

★『よくない文章ドク本』（大和書房→徳間文庫）

★『熱血《ねっけつ》シュークリーム』上（北宋社→毎日新聞出版／下巻は未刊）

★『蓮と刀―どうして男は〝男〟をこわがるのか』（作品社→河出文庫）

1983年

●『その後の仁義なき桃尻娘』（講談社→講談社文庫→ポプラ文庫）

●『ふしぎとぼくらはなにをしたらよいかの殺人事件』（徳間書店→徳間文庫）

★『極楽迄ハ何哩』（河出書房新社→徳間文庫）

★『男の編み物、橋本治の手トリ足トリ』（河出書房新社）

1984年

●『帰って来た桃尻娘』（講談社→講談社文庫→ポプラ文庫）

●『サイモン&ガーファンクル グレイテスト・ヒッツ＋1』（大和書房→ちくま文庫）

★『革命的半ズボン主義宣言』（冬樹社→河出文庫）

★『覆刻版 恋するももんが』（フジテレビ出版）

★『とうに涅槃をすぎて』（徳間文庫）

1985年

●『詩集 大戦序曲』（河出書房新社→河出文庫）

●『無花果《いちぢく》少年《ボーイ》と瓜売《うりうり》小僧《ぼうや》』（講談社→講談社文庫）

●『桃尻娘プロポーズ大作戦』（大和書房→河出文庫）

★『週刊本18 根性』（朝日出版社→徳間文庫）

★『合言葉は勇気』（筑摩書房→ちくま文庫）

★『デビッド100コラム』（冬樹社→河出文庫）

★『親子の世紀末人生相談』（フィクション・インク→ちくま文庫／文庫化に際して『青空人生相談所』に改題）

★『ヴィヴィッドボーイのカリキュラム』（パルコ出版局）

1986年

★『**ロバート本**』（作品社→河出文庫）
★『**完本 チャンバラ時代劇講座**』（徳間書店）
★『**恋愛論**』（講談社文庫→SB文庫→文庫ぎんが堂）

1987年

●『**ハイスクール八犬伝**』1〜8巻刊行開始（87〜91年／徳間書店／未完）
●『**愛の矢車草**』（新潮文庫→ちくま文庫）
★『**問題発言**』『**問題発言2 THE AGITATION**』（87〜88年／思想の科学社）
★『**アストロモモンガ**』（ネスコ→河出文庫）
★『**貞女への道**』（主婦の友社→河出文庫→ちくま文庫）
★『**オイディプス燕返し!!—蓮と刀・青年篇Ⅰ**』（河出書房新社）
♥『**桃尻語訳 枕草子**』上中下（87〜95年／河出書房新社→河出文庫／河出サウンド文庫）

1988年

●『**無花果少年**《いちぢくボーイ》**と桃尻娘**』（講談社→講談社文庫）
●『**鞦韆**《ぶらんこ》』（白夜書房→新潮文庫→ちくま文庫）
★『**虹のヲルゴオル**』（大和書房→講談社文庫）
★『**ぼくたちの近代史**』（主婦の友社→河出文庫）
★『**風雅の虎の巻**』（作品社→講談社文庫→ちくま文庫）

1989年

●『**愛の帆掛舟**』（新潮文庫→ちくま文庫）
★「橋本治雑文集成 パンセ」全7巻刊行開始（89〜90年／Ⅰ『**女性たちよ！**』、Ⅱ『**若者たちよ！**』、Ⅲ『**文学たちよ！**』、Ⅳ『**映画たちよ！**』、Ⅴ『**友たちよ！**』、Ⅵ『**自分たちよ！**』、Ⅶ『**その他たちよ！**』／河出書房新社／Ⅰ・Ⅱは河出文庫、Ⅲ〜Ⅶは未文庫化）

1990年

●『**雨の温州蜜柑姫**《おみかんひめ》』（講談社→講談社文庫）
★『**さまざまなエンディング**』（主婦の友社）
★『**江戸にフランス革命を！**』（青土社→中公文庫）
★『**'89**』（マドラ出版→河出文庫）
★『**武器よさらば—橋本治書簡集1972-1989**』（弓立社）
★『**恋の花詞集—歌謡曲が輝いていた時**』（音楽之友社→ちくま文庫）
★『**消えた言葉**』（アルク）
♥『**絵本 徒然草**』（河出書房新社→河出文庫）

1991年

●『**義経伝説**』（河出書房新社）
●『**流水桃花抄—掌篇小説集**』（河出書房新社→河出文庫）
★『**青春つーのはなに？**』（集英社文庫）
★『**ナインティーズ**』（小学館→河出文庫）
♥『**窯変 源氏物語**』全14巻刊行開始

（91～93年／中央公論社→中公文庫）

♠『橋本治画集』（マドラ出版）

♣『ふたりの平成』（中野翠＝共著／主婦の友社→ちくま文庫）

1992年

★『橋本治の思考論理学』（夜中の学校2／マドラ出版）

♠『橋本治歌舞伎画文集 かぶきのよう分からん』（演劇出版社）

1993年

★『源氏供養』上下（93～94年／中央公論社→中公文庫）

★『ぼくらのSEX』（集英社→集英社文庫）

★『ぬえの名前』（岩波書店→幻冬舎文庫）

♥『古事記』（少年少女古典文学館1／講談社）

1994年

●『月食―RAHU』（河出書房新社）

●『生きる歓び』（角川書店→角川文庫）

★「貧乏は正しい！」シリーズ刊行開始（94～96年／『貧乏は正しい！』『貧乏は正しい！ ぼくらの最終戦争』『貧乏は正しい！ ぼくらの東京物語』『貧乏は正しい！ ぼくらの資本論』『貧乏は正しい！ ぼくらの未来計画』／小学館→小学館文庫）

★『絶滅女類図鑑』（文藝春秋→文春文庫）

★『浮上せよと活字は言う』（中央公論社→平凡社ライブラリー［増補］）

★『美男へのレッスン』（中央公論社→中公文庫）

★『秋夜 小論集』（中央公論社）

♣『仲よく貧しく美しく』（島森路子＝共著／マドラ出版）

1995年

●『花物語』（集英社→ポプラ文庫）

★『ひらがな日本美術史』全7巻刊行開始（95～2007／新潮社）

★『宗教なんかこわくない！』（マドラ出版→ちくま文庫）

★『春宵 小論集』（中央公論社）

★『「広告批評」の橋本治』（マドラ出版）

♣『愛の処方せん―身の上相談読本』（福島瑞穂＝共著／毎日新聞社）

1996年

●『三日月物語』（毎日新聞社）

1997年

●「橋本治小説集成」全6巻（1『桃尻娘』、2『その後の仁義なき桃尻娘』、3『帰って来た桃尻娘』、4『無花果少年と瓜売小僧』、5『無花果少年と桃尻娘』、6『雨の温州蜜柑姫』／河出書房新社）

★『無意味な年 無意味な思想』（マガジンハウス）

★『橋本治の明星的大青春』（集英社文庫）

★『橋本治の男になるのだ』（ごま書房→ちくま文庫／文庫化に際して『これも男の生きる道』に改題）

★『ハシモト式古典入門 これで古典が

よくわかる』（ごま書房→ちくま文庫／文庫化に際して『**これで古典がよくわかる**』に改題）

1998年

●『**女賊 平安絵草紙**』（集英社）

★『**冬暁 小論集**』（中央公論社）

★『**夏日 小論集**』（中央公論社）

♥『**双調 平家物語**』全15巻刊行開始（98〜2007／中央公論社→中公文庫）

♥『**笛吹童子**』（痛快世界の冒険文学7／講談社）

♣『**子どもが子どもだったころ**』（毛利子来＝共著／集英社→集英社文庫）

1999年

●『**つばめの来る日**』（角川書店→角川文庫）

2000年

★「ああでもなくこうでもなく」全6巻刊行開始（00〜08年／『**ああでもなくこうでもなく**』、『**さらに、ああでもなくこうでもなく1999／10-2001／1**』、『**「日本が変わってゆく」の論**』、『**戦争のある世界**』、『**このストレスな社会！**』、『**最後の「ああでもなくこうでもなく」**』／マドラ社）

★『**天使のウインク**』（中央公論新社）

2001年

★『**二十世紀**』（毎日新聞社→ちくま文庫）

★『**橋本治が大辞林を使う**』（三省堂）

★『**「わからない」という方法**』（集英社新書）

★『**大江戸歌舞伎はこんなもの**』（筑摩書房→ちくま文庫）

♥『**橋本治の古事記**』（講談社）

2002年

★『**「三島由紀夫」とはなにものだったのか**』（新潮社→新潮文庫）

★『**人はなぜ「美しい」がわかるのか**』（ちくま新書）

2003年

♥『**桃尻語訳 百人一首**』（海竜社）

♥「橋本治・岡田嘉夫の歌舞伎絵巻」全5巻刊行開始（03〜12年／『**仮名手本忠臣蔵**』、『**義経千本桜**』、『**菅原伝授手習鑑**』、『**国性爺合戦**』、『**妹背山婦女庭訓**』／ポプラ社）

♣『**川田晴久と美空ひばり―アメリカ公演**』（岡村和恵＝共著／中央公論新社）

2004年

●『**蝶のゆくえ**』（集英社→集英社文庫）

★『**シネマほらセット**』（河出書房新社）

★『**いま私たちが考えるべきこと**』（新潮社→新潮文庫）

★『**上司は思いつきでものを言う**』（集英社新書）

2005年

★『**ちゃんと話すための敬語の本**』（ちくまプリマー新書）

★「勉強ができなくても恥ずかしくな

い」全3巻（1『**どうしよう…の巻**』、2『**やっちまえ！の巻**』、3『**それからの巻**』／ちくまプリマー新書→ちくま文庫）

★『**ひろい世界のかたすみで**』（マガジンハウス）

★『**乱世を生きる 市場原理は嘘かもしれない**』（集英社新書）

★『**橋本治という行き方 - What a way to go! -**』（朝日新聞社→朝日文庫）

2006年

●『**BA-BAH その他**』（筑摩書房）

★『**失楽園の向こう側**』（小学館文庫）

★『**権力の日本人**』（双調 平家物語ノート1／講談社）

2007年

★『**小林秀雄の恵み**』（新潮社→新潮文庫）

★『**日本の行く道**』（集英社新書）

2008年

●『**夜**』（集英社→集英社文庫）

★「いちばんさいしょの算数」全2巻（1『**たし算とかけ算**』、2『**わり算とひき算**』／ちくまプリマー新書）

★『**あなたの苦手な彼女について**』（ちくま新書）

♣『**橋本治と内田樹**』（内田樹＝共著／筑摩書房→ちくま文庫）

2009年

●『**巡礼**』（新潮社→新潮文庫）

★『**橋本治という考え方 - What kind of fool am I? -**』（朝日新聞社）

★『**大不況には本を読む**』（中公新書ラクレ→河出文庫）

★『**明日は昨日の風が吹く**』（集英社）

★『**院政の日本人**』（双調 平家物語ノート2／講談社）

★『**日本の女帝の物語――あまりにも現代的な古代の六人の女帝達**』（集英社新書）

2010年

●『**橋**』（文藝春秋→文春文庫）

●『**リア家の人々**』（新潮社→新潮文庫）

★「失われた近代を求めて」全3巻刊行開始（10～14年／Ⅰ『**言文一致体の誕生**』、Ⅱ『「**自然主義**」**と呼ばれたもの達**』、Ⅲ『**明治二十年代の作家達**』／朝日新聞出版→朝日選書）

♣『**TALK 橋本治対談集**』（ランダムハウス講談社）

2012年

●『**幸いは降る星のごとく**』（集英社→集英社文庫）

★『**浄瑠璃を読もう**』（新潮社）

★『**その未来はどうなの？**』（集英社新書）

★『**橋本治という立ち止まり方 - on the street where you live -**』（朝日新聞出版）

2013年

●『初夏《はつなつ》の色』（新潮社）
●『マルメロ草紙』（集英社）
★『国家を考える』（ZINCLO! BLUE 001／グレイプス）

2014年

●『結婚』（集英社→集英社文庫）
★『バカになったか、日本人』（集英社→集英社文庫）
★『古典を読んでみましょう』（ちくまプリマー新書）

2015年

★『負けない力』（大和書房→朝日文庫）
★『いつまでも若いと思うなよ』（新潮新書）
★『性のタブーのない日本』（集英社新書）
★『義太夫を聴こう』（河出書房新社）
♥『はまぐりの草紙』（［現代版］絵本 御伽草子／講談社）

2016年

●『お春』（中央公論新社→中公文庫）
★『国家を考えてみよう』（ちくまプリマー新書）
★『福沢諭吉の「学問のすゝめ」』（幻冬舎→幻冬舎新書）
★『百人一首がよくわかる』（講談社）

2017年

★『いとも優雅な意地悪の教本』（集英社新書）
★『知性の顚覆 日本人がバカになってしまう構造』（朝日新書）
★『たとえ世界が終わっても その先の日本を生きる君たちへ』（集英社新書）
♣『だめだし日本語論』（橋爪大三郎＝共著／atプラス叢書17／太田出版）

2018年

●『九十八歳になった私』（講談社→講談社文庫）
●『草薙の剣』（新潮社）
★『橋本治のかけこみ人生相談』（幻冬舎文庫）
♥『おいぼれハムレット』（落語世界文学全集／河出書房新社）

2019年

●『黄金夜界』（中央公論新社）
★『思いつきで世界は進む――「遠い地平、低い視点」で考えた50のこと』（ちくま新書）
★『父権制の崩壊 あるいは指導者はもう来ない』（朝日新書）
★『もう少し浄瑠璃を読もう』（新潮社）
♣『マンガ哲学辞典』（河出書房新社）

2020年

★『そして、みんなバカになった』（河出新書）

初出一覧

第一章　どこまでみんなバカになるのか……「熱風」二〇一七年四月号／スタジオジブリ
第二章　「読書しない」という方法……「小説トリッパー」二〇〇四年秋号
第三章　「文学」が死滅しても「小説」があればいいじゃないか……「小説トリッパー」二〇〇六年秋号
第四章　「アタマ」を失くした日本のゆくえ……「小説トリッパー」二〇〇九年夏号
第五章　「年をとってやっぱりわからない」が正しい……「考える人」二〇一〇年冬号
第六章　「保留状態」を生きる……「小説トリッパー」二〇一一年秋号

超講義録　ハシモト流「教育論・仕事論」……「文藝別冊　橋本治」

＊本講義録は、スタイル株式会社制作のウェブサイト「考えるメディア」配信の「橋本治の映像講義『最後になって突然、天皇の話が出て来たぞ！』」（二〇一七）の前半部を活字化の上、再編集したものです。活字化にあたり、一部、編集部により加筆修正している箇所もございます。

＊本インタビューの元映像は左記で配信しております。
「最後になって突然、天皇の話が出て来たぞ！」https://media.style.co.jp/hashimoto_osamu_01/

編集協力
今井章博

河出新書 018

そして、みんなバカになった

二〇二〇年 四 月三〇日 初版発行
二〇二〇年 七 月一〇日 4刷発行

著者 橋《はし》本《もと》治《おさむ》
発行者 小野寺優
発行所 株式会社河出書房新社
〒一五一―〇〇五一 東京都渋谷区千駄ヶ谷二―三二―二
電話 〇三―三四〇四―一二〇一［営業］／〇三―三四〇四―八六一一［編集］
http://www.kawade.co.jp/
マーク tupera tupera
装幀 木庭貴信（オクターヴ）
印刷・製本 中央精版印刷株式会社
Printed in Japan ISBN978-4-309-63119-6
落丁本・乱丁本はお取り替えいたします。
本書のコピー、スキャン、デジタル化等の無断複製は著作権法上での例外を除き禁じられています。本書を代行業者等の第三者に依頼してスキャンやデジタル化することは、いかなる場合も著作権法違反となります。

一億三千万人のための『論語』教室

高橋源一郎
Takahashi Genichiro

『論語』はこんなに新しくて面白い!
タカハシさんによる省略なしの
完全訳が誕生!
社会の疑問から、人間関係の悩み、
「学ぶこと」の意味から「善と悪」まで。
あらゆる「問い」に孔子センセイが答えます!

ISBN978-4-309-63112-7

河出新書
012